뽀삐네 집

행복과 도전

뽀삐네 집 행복과 도전

초판인쇄일 | 2013년 11월 7일
초판발행일 | 2013년 11월 30일

지은이 | 정토웅
펴낸곳 | 도서출판 황금알
펴낸이 | 金永馥

주간 | 김영탁
편집실장 | 조경숙
인쇄제작 | 칼라박스
주 소 | 110-510 서울시 종로구 동숭동 201-14 청기와빌라2차 104호
물류센타(직송 · 반품) | 100-272 서울시 중구 필동2가 124-6 1F
전 화 | 02) 2275-9171
팩 스 | 02) 2275-9172
이메일 | tibet21@hanmail.net
홈페이지 | http://goldegg21.com
출판등록 | 2003년 03월 26일 (제300-2003-230호)

값 10,000원

ISBN 978-89-97318-56-8-03810

뽀삐네 집

행복과 도전

정토웅 지음

황금알

프롤로그

　나는 요즘 새벽맨이 됐다. 새벽이면 등산복차림으로 작은 산을 넘어 갔다 온다. 등산이라고 부를 정도는 못 되지만 목적지인 다섯 평짜리 주말농장에 가서 농사일을 하고 돌아온다. 새벽에 농사짓고 오고가고 약 두 시간 가량을 그렇게 보내는 게 나의 중요한 일과가 된지도 꽤 됐다.

　백수치고 그래도 하루 두 시간 정도 그렇게 일을 해서 기분이 좋다. 그래 밥값은 하고 지낸다고 웃기는 생각까지 들어 더 기분이 좋다. 그 시간에 나는 일거삼득을 취한다. 걷기운동, 농사짓기, 그리고 새벽길의 명상이다.

　새벽에 살랑거리는 숲 바람 속에서 내 걸음 소리가 가장 크게 울리는 조용한 산길이다. 그 길을 걷노라면 여러 가지 세상사와 내 자신의 삶에 대해 수많은 생각이 떠오른다. 아마 불후의 명상록을 남긴 자들은 다 새벽길을 좋아하지 않았을까 그런 생각을 자주 해봤다.

생각해보면 나에게 지난 10여 년은 더 이상 바랄 것 없는 행복한 시절이었다. 아직도 그 여진 속에 묻혀 지내는 편이다. 좋은 기분을 계속 연장하고 싶은 게 내 솔직한 심정이다. 인생무상이라 그럴 수 없다는 걸 알면서도 그런다. 여하튼 그 행복감 놓치고 싶지 않아 이 글을 시도해봤다.

거짓말 같은 이야기로 들릴지 모르겠으나 우리는 고맙기 그지없는 강아지 뽀삐를 만나 꿈같이 행복한 시절을 보냈다. 우리 가족에게 뽀삐는 참말로 행복의 전도사였다. 뽀삐 덕분에 우리 가족은 소통이 원활해지고 가족애가 돈독해졌다. 기분인지 모르겠으나 그밖에 다른 문제들도 술술 잘 풀리고 우리는 모두 행복해했다.

뽀삐와 함께 지낸 뒤 우리에게는 많은 행운이 따랐다. 특히 최근 2년에는 큰애가 쌍둥이를 낳고 작은애가 첫 아기를 낳아 귀염둥이 손자손녀 3명을 보았다. 게다가 큰애는 세계최고대학 하버드경영대학원 교수까지 되었으니 행복감과 뿌듯함에 끝이 없다. 큰애를 보고 나는 인생에서 도전의 의미와 중요성에 대해 많은 것을 배우고 생각하는 계기를 갖게 되었다.

이 글은 순전히 가족 이야기라서 상당히 망설임이 있었다. 그러나 가까운 사람들에게 들려주고 싶고 힘든 세상에 이런 경우도 있으니 다 같이 힘을 내자는 뜻에서 용기를 내봤다. 특히 반려동물 기르는 사람들과 따뜻한 교감을 공유하고 싶고, 뿐만 아니라 친구들과 함께 다양한 자녀교육방법에 대해 이야기를 나누고 싶고 미래의 희망인 청소년들에게 자기계발과 도전정신의 중요성을 알려주고 싶어 써본 글이다.

차례

소박함 속의 행복

인생을 어떻게 살아야 행복하다고 할 수 있을까? 사람마다 사는 방식이 다양하니 관점도 다양할 것이다. 산을 좋아하는 사람은 산에서, 물을 좋아하는 사람은 물에서 행복을 느낄 것이다. 번화가를 좋아하는 사람은 강남이나 명동에서, 전원생활을 좋아하는 사람은 전원주택에서 행복해 할 것이다. 귀족들은 화려한 생활 방식에서, 소시민들은 소박한 생활 속에서 행복을 추구할 것이다.

분명히 행복은 유명한 스타 패션을 좋아하는 유행과는 다른 것이다. 스타는 유행을 일으키는지 모르겠으나 행복을 전하는 사람은 아니다. 스타들 가운데도 행복한 사람이 있는가 하면 행복하지 않은 사람도 있으니 말이다. 행복을 어디서 느낄까, 가지가지가 있다. 개개인별 나이, 직업, 기호, 성격, 가치관 등에 따라 백인백색이다.

두루두루 많은 사람들에게 미치는 행복, 말하자면 공동사회의 행복은 개인의 행복과 직결되는 중요한 문제다. 그러나 인류 전체나 나라와 같은 큰 공동체의 행복론은 정치, 경제, 사회, 문화, 종교 등 여러 차원을 동시에 올려놓고 연구하는 매우 어려운 학문이다. 문외한이라 그런 차원까지 들어설 능력은 없다. 여기서 나는 단순히 한 사람의 개인적 차원에서 느끼는 소박한 행복 이야기를 하고 싶을 뿐이다.

가화만사성(家和萬事成)이란 말이 있다. 집안이 화목해야 모든 일이 잘 된다는 뜻이다. 내가 행복하려면 우선 기본적으로 가족 차원에서 행복하고 볼 일이다. 누구나 한 가족이 서로 사랑하고 이해하고 사이좋게 지내면서 그 자체로 좋은 세상을 고마워하고 좋은 기분으로 살고 있으면 행복하다고 할 수 있지 않을까 쉽게 그렇게 생각해본다.

행복이란 확실히 맘에 따라 왔다 갔다 하는 것이다. 가진 것 넉넉해도 근심 걱정에 시달리는 사람이 있는가 하면 가진 것 부족해도 마음이 편한 행복한 사람 있으니 말이다. 남들이 부러워하는 여러 가지를 많이 갖추어야만 행복한 것은 아니다. 행복은 자기 맘속에 있는 단순한 것이다. 소유, 행위, 느낌 등에서 대단치 않은 단순한 것들이어도 참으로 행복하다, 이런 소박한 생각을 지니고 살면 그게 곧 행복한 삶이다.

만일 그런 생각이 들지 않으면 우선 행복하고자 하는 맘을 갖는 게 행복을 향한 첫 걸음이 되지 않을까 생각해본다. 아침에 일어나면 "오늘 행복한 날!"이라고 외쳐보자. 그럼 그날 행복해진다. 세상은 생각하기 나름이다. 힘들다고 생각하면 힘들고 재미있다고 보면 재미있는 세상이다. 행복하기 위해서는 우선 고마운 세상이다, 혜택을 많이 입었다, 축복받은 인생이다 등 이런 마음을 지녀야 할 것이다. 여러 가지로 긍정적인 마음과 소박한 생각을 갖고 사는 사람 가까이에 행복은 대기하고 있다가 맘만 먹으면 훌쩍 나타난다. 결코 화려한 가정이나 지명도 높은 사람들이나 돈 많은 사람들만 따라다니는 것은 아니다.

행복만큼 좋은 친구는 없다. 흔히 사람들은 세상을 살면서 함께 어울려 지내는 좋은 친구들이 있어 인생은 살 맛 난다고 흥얼거린다. 행복은 바로 그런 친구들처럼 나타난다. 친구 가운데서도 가장 고마운 친구라 할 수 있다. 사람 이름이 붙은 친구들은 자나 깨나 늘 붙어 다닐 수가 없으며 사정에 따라 가까워졌다 멀어졌다 하기도 하는 법이다. 하지만 행복은 내 기분 좋을 때 항상 옆에 다가오니 이렇게 고맙고 고마운 친구가 또 어디 있을까?

흔히 보는 보통 직장인의 일상생활을 가정해보자. 직장에서 열심히 근무하고 집에 돌아가면 언제나 반갑게 맞이하는 사랑스런 가족이 있고 함께 쌕쌕 잠자며 하루를 보낸다. 그리고 이튿날 아침 일어나 기분 좋게 다시 일터로 나간다. 반복되는 이런 일과 속에 맘을 편하게 먹으면 금방 친구 행복이 나타나 기분을 고취시키고 절로 어깨를 으쓱하게 만든다. 행복은 누구에게나 접근하는 착하디착한 친구다.

온 식구가 다 따뜻한 느낌을 공유하고 도란도란 정답게 사는 소박한 가정에는 항상 반가운 친구 행복이 나타나 웃음 가득한 즐거운 분위기를 이끌고 살 맛 나는 가정을 만들어준다. 나의 꿈은 이런 소박한 가정생활 속에서 한없이 좋은 세상 행복한 세상이라고 고마워하면서 마음 편하게 사는 것이다.

제1부

뽀삐와 함께

1. 행복의 전도사 만나다

동네 길이나 산책 중에 우연히 반려견을 만날 때 나는 몇 년 전 우리 집 강아지에 대한 아름다운 추억이 절로 떠오른다. 지하철 자리에 앉아 이런저런 생각하는 중에도 그 추억에 젖어들 때가 많이 있다. 그러다 하차 역을 놓친 적이 한두 번이 아니다. 우리와 함께 살다가 3년 전에 세상을 떠난 행복의 전도사 뽀삐에 대한 추억과 그리움에 푹 빠져 있다가 아차차 지나친 것이다.

우리 자식들은 뽀삐를 너무 좋아해 우리 집을 뽀삐네 집이라고 불렀다. 지금도 식구들은 모두 다 뽀삐와 함께 지낸 시절을 정말 행복했다고 생각하며 아름다운 추억을 소중히 간직하고 살고 있다. 뽀삐네 집에서 행복의 중심에는 항상 뽀삐가 있었다.

주변에 강아지 좋아하는 사람들을 보면 대체로 인심이 훈훈함을 알 수 있다. 그렇다고 나는 반대편 사람들을 인심이 박하다고 보는 것은 아니다. 사람들은 모두 다 취미와 습관이 서로 같지 않음을 이해하고 살아야 하겠다. 강아지를 기를 때는 이웃집 강아지에 불편해하는 이들도 있으니 반드시 매너를 지켜야 하겠다.

세상사는 모두 경험이 중요한 듯하다. 한 번 길러본 경험 덕분으로 나는 동물애호가로 변했다. 지금은 기르고 있지 않지만 나는 집을 나서다가 이웃집 강아지와 부딪치면 팍 엔도르핀이 솟아나 "안녕!" 하고 반갑게 인사를 건넨다.

나는 본래 강아지를 좋아했던 사람은 아니다. 초등학교 시절의 유쾌하지 않은 경험 때문이다. 시골에서 학교 다닐 때 길가 집에 큰 개가 있었는데 지날 때마다 엄청 사납게 짖어댔다. 그래서 내 두뇌 속에 강아지라면 오랫동안 그 개의 모습이 각인되어 있어 강아지 기른다는 생각은 아예 해본 적조차 없었다.

그러나 인생사가 그렇듯 나는 정말로 우연찮게 뽀삐를 만나게 되었다. 말 그대로 한 밤중의 홍두깨 격이었다. 어느 날 밤중에 대학생이었던 우리 작은애가 갑자기 강아지 한 마리를 데리고 나타난 것이다. 아주 작은 강아지, 말티즈였다. 상자 안에 담긴 상태에서 강아지는 사시나무 떨 듯 벌벌 떨고 있었다. "강아지야 떨지 마, 우리 나쁜 사람들 아냐, 우리가 잘 보살펴 줄 거야", 아내는 사정하다시피 말했다. 뽀삐와 우리는 이렇게 최초 상면을 했다.

사연을 들으니 참으로 딱했다. 친구네 강아진데 그 집 아버지께서 갑자기 교통사고를 당하고 어머니가 병원에 머물러야 해서 당장 돌볼 사람이 없어 데려왔단 것이다. 이름은 뽀삐라고 하고 이 강아지도 사고차량에 함께 탔다는데, 사람이 다쳐 우왕좌왕하는 사이에 강아지가 타 있는지도 모른 채 차를 정비소에 끌고 갔다고 한다. 도착해서야 강아지를 발견하고 되짚어서 돌아올 수 있었다고 한다.

세상에, 작은 강아지가 얼마나 무섭고 두려웠을까? 강아지는 다리를 다친 상태라 안고 오지 못하고 상자에 담아온 것이라고 했다. 여하튼 한 달 정도 강아지를 돌봐달라고 하는 자식의 부탁을 받고 그것을 받아들일 수밖에 다른 도리가 없었다.

아내와 나는 결혼 후 처음으로 반려견과 함께 사는 경험을 했다. 그리고 5주 후 약속대로 뽀삐를 자기 집으로 돌려보냈다. 그 사이 다친 다리와 콧물감기 때문에 동물병원에도 처음 가봤다.

이렇게 강아지 기르기 체험을 한 달 가량 한 셈인데 우리는 그 동안 은근히 정이 들어서 헤어질 때 보통 섭섭한 게 아니었다. 우리도 귀여운 강아지를 본격적으로 한 번 키워볼까, 상당히 심적인 갈등을 겪었다.

8개월 뒤 우리는 다시 뽀삐를 보게 되었다. 그 집 아버지가 편찮으셔 도저히 뽀삐를 돌볼 형편이 안 돼 새 주인을 찾고 있다는 소식을 접한 것이다. 반갑기도 하고 두렵기도 한 소식이었다.

강아지를 입양하는 일은 결코 쉽게 결정할 문제가 아니었다. 큰애는 원래부터 동물애호가라서 입양에 대해 매우 적극적이고 작은애는 자기를 통해 만난 강아지라 역시 적극적이었다. 그래도 주로 책임을 맡을 사람은 아내와 나라 우리가 쉽게 결단을 내리지 못했다.

과연 우리가 끝까지 잘 돌볼 수 있을까, 시끄럽게 짖을 텐데 통로 사람들한테는 어떻게 양해를 구할까 여러 가지로 이만저만 고심한 게 아니었다. 결국 고심 끝에 우리는 뽀삐와의 특별한 만남을 우리가정의 운명으로 받아들이기로 맘을 먹고 입양을 결정했다. 이 때 뽀삐 나이 만 6살이었다.

그 후 뽀삐는 12년 반을 우리 집에서 살다 세상을 떠났다. 전 주인 집에서 6년 그리고 우리 집에서 12년 반, 총 18년 반 수를 누렸으니 강아지치곤 거의 천수를 누린 셈이다.

벤치에 뽀삐와 함께 앉아 있는 필자

　뽀삐와 함께 산 시간들은 우리 식구에게 정말로 행복한 나날이었다.　뽀삐는 식구들 모두에게 최고로 아름다운 추억을 남겨주었다. 뽀삐한테서 입은 덕을 이루 다 말로 다 표현할 길이 없다. 한 마디로 정리하면 우리 가족에게 "뽀삐는 행복의 전도사였다"라고 표현하고 싶다.

　뽀삐는 우리 집에 귀중한 선물로 웃음을 갖고 와 웃음 가득한 분위기를 만들어주었다. 이런 고마운 복덩이가 굴러들어오다니 우리가족은 로또복권보다 훨씬 더 큰 행운을 얻은 것이다. 단지 외로움을 덜

어준 고마운 반려동물 정도가 아니었다. 뽀삐네 집에 웃음, 사랑, 행복의 선물을 가득 실고 온 천사였다.

뽀삐가 오기 전에 우리 집은 아들 둘이 다 커버렸기에 약간 데면데면 하달까, 좀 심심한 편이었다. 식구들끼리 그냥 먹고 자는 하나의 공동공간일 뿐 별로 대화가 없고 재미도 없는 분위기였다. 그런데 뽀삐가 와서 확 달라졌다. 뽀삐는 대화 메이커 역할을 톡톡히 하고 가족을 가족답게 사는 분위기로 바꿔 놓았다.

사실 두 사내자식 어렸을 때 우리 집 분위기는 오순도순 행복한 편이었다. 유년기와 초등학교 시절 우리 애들은 정말 귀엽고 예뻤다. 어렸을 때 모든 집 모든 아이들이 그러듯이 말이다. 그러나 사춘기에 접어들면서 점차 다루기 힘든 사내들로 변해갔다. 이와 같은 변화는 다른 집에서도 흔히 경험하는 보편적인 현상이란 말을 듣고 위안을 삼았다.

일반적으로 사춘기 이후 청소년들은 자기 개성과 성격이 형성되기 시작하면서 부모에게 자기의견을 강하게 주장하거나 불만을 표시한다. 그래서 고분고분하지 않는 자식과 부모 사이에는 이따금 냉전 기류가 형성되고 보이지 않는 줄다리기와 신경전이 벌어지며 대화도 팍 줄어든다. 집을 나설 때와 들어올 때 인사말 외에 별로 대화가 이루어지지 않는다. 공부에 방해된다고 하면서 아이들은 부모에게 말 걸지 말라는 식이고 부모는 아이들 눈치만 살피면서 조심조심 지내는 게 현실이다.

우리 집도 마찬가지였다. 초등학교 다닐 때까지 말 잘 듣고 예쁘게 말하던 아이들이었는데 중학교 2학년쯤부터 태도가 바뀌었다. 사춘기의 반발현상이었다. 부모에게 살갑게 대하지를 않았다. 무뚝뚝해진 사내자식들은 묻는 말을 퉁명하게 몇 마디로 잘라먹을 뿐 집안은 찬바람이 일었다. 딸들은 붙임성이 좋아 아기자기하게 집안 분위기를 이끌어갈 텐데, 이런 공허한 생각도 해봤다. 그래서 딸자식 둔 친구들을 부러워하면서 물어본 적이 있는데 그들도 자식 기르기 힘든 것은 매한가지라고 했다.

오죽하면 애지중지 기른 소중한 자식을 "애물단지"라고 하고 "무자식이 상팔자"라고까지 표현할까, 그 심정을 이해하겠다는 맘이 들기도 했다. 여하튼 자식을 키우는 부모의 마음속은 하루에도 수십 번 생각과 감정이 냉온탕을 들락날락거린다.

부모는 자식한테서 정떨어지게 차가운 말을 듣더라도 그냥 허허하고 참고 지내는 것이 요즘 세태다. 자식들이 학교공부로 치열한 경쟁에 시달리고 장래걱정으로 스트레스 엄청 받고 지내니 집에서는 말도 되지 않은 불만과 짜증도 다 받아주면서 지내야 한다는 것이 부모의 마음이다. 부모는 자식들에게 봉이라는 유행어가 있다. 현 세대 부모 자식의 관계를 말하는 대표적인 표현이 아닌가 싶다. 여하튼 사내 녀석들 커 가면서 우리 집 분위기는 별로 재미없었다. 아기자기와는 너무 거리가 있었다.

그런데 뽀삐를 식구로 맞아들인 뒤에 분위기는 완전히 바뀌었다. 먼저 무심한 자식들이 달라졌다. 대학생이 되고 이미 성인이 된 뒤에 일어난 일이다. 그들이 귀염둥이 뽀삐를 좋아하고 함께 놀기 시작하면서 일어난 변화였다. 너무 조용했던 집이 강아지 짖는 소리와 함께 사람들 웃음소리가 나고 제법 소리 나는 집으로 변해갔다.

뽀삐는 식구들 모두에게 공감적 사랑의 대상이 되었다. 식구들이 뽀삐한테 알아듣건 말건 이렇게 해라 저렇게 해라 말을 걸어댔다. 뽀삐와 장난을 치는 동안 식구들도 함께 어울리는 시간이 늘어났다. 그러다보니 우리는 자식들이 순진 천진했던 어린 시절에 서로 몸을 대고 장난을 치고 깔깔댔던 분위기로 다시 돌아간 그런 기분이 들었다.

그러면서 가장 반가운 일은 식구들끼리 자연히 대화를 많이 나누고 소통을 잘 한 것이다. 요즘 곳곳에서 소통이 중요하다고 한다. 한 가정에서도 마찬가지다. 소통을 하는 데는 우선 맘부터 따뜻해야

뽀삐와 함께 산책하는 필자

한다. 그런데 그게 맘만 먹는다고 해결되는 것은 아니다. 의지보다 더 중요한 것은 분위기다. 자연스럽고 화기애애한 분위기에서 서로 맘이 통하고 원만한 소통이 이루어진다. 뽀삐는 우리 집에서 고맙게도 그런 분위기 메이커 역을 톡톡히 해냈다.

뽀삐를 통해서 우리는 한 식구로서 연결점을 다시 찾았다. 뽀삐를 챙기면서 우리 부부는 애정이 더 깊어지고 애들을 더욱 사랑하고 애들도 우리와 가까워지고 자기들끼리 형제애도 더 좋아졌다. 모든 식구들은 뽀삐와 함께 놀면서 오순도순 따뜻한 가족애를 되찾았다. 두 자식 결혼 후에는 두 며느리까지 뽀삐를 예뻐하고 뽀삐네 집 식구들은 모두 다 행복해했다. 우리 가족에게 뽀삐는 큰 축복이었다.

2. 사모견공문

옛날에는 회갑 때 자식들이 동네사람들을 초대해 성대하게 잔치를 치렀다. 인생 60년을 살면 장수했다고 해 갖는 축제였다. 요즘은 회갑연을 치르는 사람을 거의 찾아볼 수 없다. 우리나라 평균수명이 늘어나 회갑쯤은 평균수명에 한참 미치지 못하는 좋은 세상이 된 것이다. 회갑은 그냥 생일로서 가족끼리만 모여서 조용히 치르는 편이다. 여유가 있는 자녀들은 부모님에 대한 특별 기념선물로 여행을 보내드리기도 한다.

한 사람의 인생에서 회갑은 하나의 중요한 전환점이다. 전환점이란 지금까지와는 전혀 다른 방식의 삶을 생각해볼 때가 되었음을 의미하는 것이다. 회갑 후에 살 기간은 지금까지 살았던 기간보다 분명히 짧다. 회갑은 대략 일생에서 2/3쯤을 보낸 시점이라고 본다. 대부분의 사람들이 직장에서 퇴직하고 제2의 인생을 출발하는 시점이다.

일반적으로 노년기로 접어들었다고 말하는데 당사자는 노인임을 부정하려 한다. 자기 손자가 할아버지라고 부르는 것은 좋아해도 다른 아이들이 할아버지라고 부르는 것은 싫어한다. 그렇더라도 앞으로 어떤 삶을 살아야 할까에 대해서 진지하게 생각하고 계획을 세울 때라고 본다.

회갑 때 나는 앞으로도 2,30년은 더 살 텐데 하고 여러 가지를 생각했다. 우선 건강하게 살아야겠다, 그냥 빈둥빈둥 허송세월하지는 않겠다, 뭔가 하나쯤은 보람 있는 일을 남겨야겠다, 여행도 다닐 만큼은 다녀야겠다, 친구들과의 각종 동호회에 많이 참여하여 재미있게 지내야겠다, 등 등 나름대로 여생을 행복하게 보내려는 계획을 세워 봤다.

그 무렵에 당장은 반려견 뽀삐와 함께 지내고 있는 생활이 그렇게 행복할 수 없었다. 그래서 당시 친구들 모임의 홈페이지에 다음과 같은 글을 올린 적이 있다. 그 기분을 다시 살리고 싶어 여기에 그 글을 소개하고자 한다. 한 마리의 강아지를 끔찍할 만큼 사무치게 사랑한 마음에서 제목을 사모견공문이라고 붙였던 글이다.

사모견공문(思慕犬公文)

친구들이여,
공하신년
2007년 황금돼지해 복들 많이 받소.
밥 잘 먹고 잘 자고 친구들끼리 운동 많이 하고
건강하게 살고 재미있게 지냄세.
골프, 등산, 테니스, 바둑, 고스톱 다 좋은 운동이제.

나이가 회갑이라 친구들 만나는 것이 큰 낙이지요.
그냥 좋지요. 부담 없어 좋고 모두들 주책이어 좋지요.
말도 안 되는 소리로 꽈안대소하고
시끄러운 것도 즐겁고 사오정도 귀엽지요.
자기 자랑 마누라 자랑 자식 자랑,
팔푼이 철부지들도 많지요.
나도 그들 가운데 한 사람,
여기서 내 자식 자랑 한번 늘어지게 할래요.

나한테는 낳은 두 자식 말고 입양아 자식 하나 있어요.
우리 집 견공 뽀삐랍니다.
뽀삐는 만 15살이지요.
세상 살면서 좋은 친구들 만나 행복하다지요.

나는 뽀삐 만나 더 행복하답니다.
뽀삐는 천진, 천재, 천사 소위 '삼천'의 대명사요,
무엇보다도 내 영원한 친구요, 나에게 참 행복 가르쳐 준 선생입니다.
이 녀석 만난 뒤 내 인생관은 확 바뀌었어요.
개 같이(함께) 사는 것입니다.

내 사랑하는 뽀삐에게,
네가 내 글 읽을 수 있으면
내 고마운 마음 더 잘 알게 될 텐데
이런 푼수 같은 생각을 해보며
끼적끼적 써 본 글
유치하고 부족하고 시시하다만
사랑하는 내 뽀삐에게 읽어주고 싶구나.

우리 집 홈(home) 메이커 뽀삐야.
너 없는 집은 정말로 재미없는 하우스,
오아시스 없는 사막, 앙꼬 없는 빵일 것이다.
들어오는 식구 항상 반겨주고
웃음거리 제공하고
집안 활기 넣고
우리 집 진짜 홈으로 만든 것은 너란다.

우리 집 피스 메이커(peace maker) 뽀삐야.

너는 누구든 화내는 꼴 못 보지.

큰 소리 칠 땐 어김없이 찾아와

말싸움하는 줄 알고 두 사람 사이 끼어들어

큰 소리 치는 쪽으로

캄 다운(calm down) 하라고 두 손 쭉 내밀지.

간곡히 부탁하는 네 모습 보고

우리 식구 모두 웃고 소리 낮춘단다.

우리 집 하우스 키퍼(house keeper) 뽀삐야.

너는 누구도 우리 집 문 건드리는 것 가만 안 두지.

왜 남의 재산 함부로 손대냐 그거지.

불법침입자 절대로 가만 안 두지.

복도 시끄러운 것도 그대로 넘어갈 수 없지.

우리 통로 사람들 너 무서워 조용히 걷는단다.

네가 있어 우리는 문 잠그지 않고도 걱정 없단다.

우리 집 군기반장 뽀삐야.

엄마가 깨우는데 일어나지 않으면

형도 아빠도 용서 없지, 캉캉,

식사 준비 다 마쳤는데

제 때 제 자리 안 오면 용서 없지, 캉캉.

다른 것 몰라도 엄마 말 안 듣는 것 인정사정없지요.

우리 식구들 엄마 물컹하게 보는 경향 있어도

모두 다 네 독촉에는 꼼짝 못한단다.

우리 보디가드 캡 뽀삐야.
너만큼 엄마한테 충복 보디가드 없을 것이다.
엄마 손대는 사람 누구도 가만 안 두지.
엄마한테 장난치는 것도 봐 줄 수 없지.
내 잘못해서 야단맞는 것은 참아도
누구든 엄마 건드리는 건 몸 던져 막아내지.
식구들마저 엄마 책상 만지는 것 경계하지.
책상 속에 엄마가 무슨 보석이라도 숨겨놓은 줄 아느냐.
주인 위해 멸사봉공
너처럼 충실한 보디가드 이 세상에 찾을 수 없을 것이다.
엄마는 네가 가장 든든한 빽이란다.

우리 집 최고 왕자병 뽀삐야.
너는 네 자신 최고 미남으로 생각하지
식구들 모두 예뻐하고 귀여워 해 주니까.
너 안을 때도 사전 허락 받으라고 하고
네 밥 먹을 때 혼자 안 먹고
식구들 불러놓고만 먹겠다고 하고
살짝 빠져나가면 다시 찾아와 불러대고
세상에 주인 앉혀놓고 밥 먹는 녀석
너 아니고 또 어디 있겠느냐, 왕자병 뽀삐야.

관심법 터득했느냐 뽀삐야.

너는 말 안 해도 식구들 마음 어찌 그리 잘 알고

눈빛에서 표정에서 다 마음 읽어 내고

데리고 갈지 안 데리고 갈지 미리 알아내고

데리고 간다고 미리부터 펄쩍펄쩍 뛰고

아니다 싶으면 통 파고 쳐다보지 않고

저리 가라 소리들을 것 같으면 미리 외면하고 피하고

간식 줄 것 같으면 미리 기어오르고 졸라대고

그러다 아니라고 하면 민망해 무안타고

여하튼 세상에 너 같은 눈치 짱 없을 것이다.

죄고 깍쟁이 뽀삐야.

너는 어쩌면 그렇게 깍쟁이냐.

네 하고 싶을 때는 말 안 해도 내 품속으로 슬쩍 들어오지.

내가 물론 싫어한 적 없다만

네가 별로 내키지 않을 땐 그냥 척만 하지.

오라고 하면 한발 내딛고 척하고

더 오라고 하면 거기서 또 한발 척

큰소리치면 와서 아예 몸 대고 누워 버리고

품속으로 들어오라 하면 손 하나만 걸치고

더 들어오라 하면 목 살짝 걸치고 다 들어주었다는 식이고

아예 안아서 들어버리면 으르렁거리고

싫다는 의사 표시 다 하고
너처럼 비싸게 구는 녀석 어디 있을까?

네 자제력 진짜 끝내준다, 뽀삐야.
너는 사료보다 간식 더 좋아하지.
치즈, 비프 스틱, 갈비, 오리고기, 삼겹살
다 좋아하지.
그밖에 사과 배 우유 요구르트에
된장국까지 좋아하는 미식가지.
하지만 꼬르륵 꼬르륵 뱃속 이상하면
가차 없이 외면하고 단식해버리지.
하루 밤 지나 뱃속 진정될 때까지
식음 중단하지.
어쩌면 동물이 그럴 수 있냐, 사람도 그렇게 못하는데.

최고 기분파 뽀삐야.
너는 기분에 살고 기분에 죽느냐?
엄마 있으면 한없이 기분 좋고 행복하고
엄마 없으면 그렇게도 기분 나쁘냐?
네 뱃속 꼬르륵 꼬르륵 할 때 그 이유는
대부분이 엄마 외출하고 너 혼자 집 본데 있지.
신경성 위염 앓고 있지.
하도 단련되어 신경 무뎌질 만도 한데

언제나 엄마 없으면 이 세상 낙이 없다 그거지.
그러니 엄마 밖에 나가서도 언제나 네 걱정한단다.

최고 겁쟁이 뽀삐야.
사납고 씩씩하고 당당하기 그지없는 네가
무서워하고 겁먹는 것도 있지.
겁쟁이 뽀삐야 너 넋 나간 모습 얼마나 웃기는 줄 아느냐?
천둥소리 비행기 소리 들리면 사시나무 떨 듯 떨고
파리 모기라면 소리만 들려도 어디론가 숨을 데 찾고
하늘 무섭고 공중폭격 무섭다 그거지.
15년이나 세상 겪었는데도 그런 것들이 그렇게 무섭냐?
천둥치는 밤이면 온 식구
구석구석 너 찾아다니느라 너와 함께 잠 설친단다.

우리 정갈 깔끔이 뽀삐야.
네 정갈하고 단정하고 깔끔 떠는 모습 죽여준다.
너는 밥 먹을 때 식기 한쪽에서부터 차례로 줄맞춰 먹고
그래서 네가 남겨 놓은 사료의 가지런한 형태는
칼로 잘라놓은 것 같은 하나의 작품이지.
틈만 생기면 얼굴 열심히 세수하고
대소변 볼 때는 행여 묻을까 손발 교묘히 피하고
오줌 방울 조금이라도 묻으면 스스로 씻어내고
앉아 있을 때 걸어 다닐 때 언제나 단정하고

여러 가지 물건 널려 있을 때 조금도 스치지 않고
조심히 빠져나가는 모습 정말로 끝내준단다.

내 사랑하는 천진 천재 천사 뽀삐야.
나는 너 만나 너한테 홀딱 반했단다,
똑똑하고 착하고 정직하고 아름다운
네 모든 품성과 행동에.
너 만난 뒤 내 인생관 확 바뀌었단다.
진정한 식구로 너 여기고
이제 너는 우리에게 매우 소중한 존재가 되었단다.
법이 허용하면 내 밑에 주민등록 시키고 싶고
네가 돈 쓸 줄 안다면 용돈 주고 싶고
내 회식 가면 네 간식거리 꼭 챙겨오고
너와 함께 살으리 살으리 평생을 살으리랐다.
서원 아파트 나온 것도 그러기 위해서였단다.

너와 함께 살면서 우리는 더 푼수가 되었단다.
너와 지내면 푼수든 바보든 괜찮다.
우리 식구랑 뽀삐랑 살으리 살으리
아기자기 행복하게 살으리랐다.

3. 뽀삐의 마지막 3년

위 글을 쓴 뒤에 뽀삐는 3년 밖에 더 살지 못했다. 사람 나이로 환산하면 100살을 넘게 살았으니 참으로 장수했다고 할 수 있다.

서글프기 그지없는 그 날 여러 가지 생각이 교차했다. 뽀삐는 우리랑 살면서 한 세상을 행복하게 살았을까? 우리를 어떻게 생각했을까? 불만은 없었을까? 솔직히 뽀삐의 마음은 잘 모른다. 확실한 것은 우리 자신이다. 우리는 그와 함께 지내는 동안 정말 행복했다.

무릇 모든 생명체의 생로병사는 거역할 수 없는 순리다. 우리는 뽀삐와의 슬픈 이별을 비교적 쉽게 받아들일 수 있었다. 그것은 늘 고맙게 생각해온 친절한 의사 선생님의 조언 덕분이다. 어느 날 갑자기 갈 수 있으니 대비해야 한다는 말을 참으로 조심스럽게 하면서 알려주었다. 그 말을 듣고 2년이 지난 뒤에 뽀삐는 숨을 거두었다.

병원 치료 후 엘리자베스칼라를 쓰고 있는 뽀삐의 모습

마지막 3년 동안에 뽀삐의 건강은 확연히 나빠졌다. 나이든 강아지라 어쩔 수 없는 일이지만 뽀삐를 보면서 실로 삼라만상의 제행무상과 자연의 법칙을 실감했다.

먼저 슬개골(무릎관절) 탈골이 발생했다. 수술 여부를 결정해야 할 중요한 순간에 훌륭한 명의를 잘 만난 덕분에 수술은 안하여 천만다행이었다. 나이 들어 수술은 별로 효험도 없이 후유증만 앓게 된다는 친절한 조언과 함께 그 대신 운동량을 줄이고 글루코사민을 먹여 여생을 편히 보내게 하라고 권유하였다. 우리는 그대로 따랐다. 탈골

때마다 손으로 조심스럽게 맞춰주면 금방 회복하고 뛰어다녀 그런대로 괜찮았다.

하지만 곧 보다 심각한 병이 찾아왔다. 이번에는 심장병이었다. 나이 들면 많이들 앓게 되는 병이라고 한다. 통원치료를 했다. 매월 병원을 정기 방문해서 검사받고 심장병 약과 처방 사료를 받아왔다. 이제 완치는 불가능하다며 다만 악화를 둔화시키기 위한 처방법이라고 한다.

이후 우리는 항상 응급상황을 염두에 두고 지내야 했다. 두 차례나 쓰러진 아찔한 순간이 있었다. 두 번 다 신속히 응급실을 찾아가 위기를 벗어나고 얼마나 가슴을 쓸어내렸는지 모른다. 만일에 우리가 집을 비운 사이에 그런 불상사가 일어났으면 어찌 됐을까 생각만 해도 끔찍했다. 뽀삐가 아프고 난 뒤로 우리는 무엇보다도 잠깐이라도 둘이 같이 외출할 때가 가장 괴로웠다.

마지막 1년 뽀삐의 신체적 기능의 모든 수치는 거의 제로 상태로 떨어졌다. 시력을 잃어 거의 장님이 되었다. 청력을 잃어 현관문 열고 닫히는 소리를 전혀 못 들었다. 시력상실뿐만 아니라 각막 궤양 증세까지 발생했다. 그리하여 우리는 2주 동안 매일같이 두 시간 간격으로 안약을 투입하는 초비상 치료법을 썼다. 그 후로도 오래 동안

눈 치료는 계속해야 했다. 심장병 때문에 마취를 할 수 없으니 안구 적출 수술을 하는 단계까지는 가지 않도록 최선을 다했다. 그때 정성 껏 치료해준 의사 선생님께 지금도 정말 감사한 마음이다.

선생님 말씀에 의하면 뽀삐가 앓고 있는 심장병과 그 후유증은 다음과 같다. 심장확장증세로 기도 압박을 하고 그로 인해 기도가 좁아져 잔기침을 계속하고 있는데 여생을 그렇게 보낼 수밖에 없다고 한다. 참으로 가슴 아린 일이었다. 그럼에도 뽀삐는 꿋꿋이 견디어냈으며 더 이상 나빠지지는 않았다.

뽀삐는 가는 날까지 자기 힘으로 거동했다. 뽀삐는 정확하게 자기 화장실을 찾아가고 이 점에서 실수를 한 적이 없었다. 기운 없어 쓰러진 적이 있어도 그 때는 곧 일어나 비틀비틀 화장실을 찾아갔다. "뽀삐야 그렇게까지 안 해도 돼, 이제부턴 엄마가 다 치워줄 꺼야 걱정 마!" 아내가 마음아파하며 말해도 뽀삐는 깔끔쟁이였다. 눈물겹게 고마운 일이다. 뽀삐는 한마디로 조금도 흐트러짐이 없는 모습을 보이고 일생을 보냈다.

산책을 그렇게 좋아했건만 이제 일체 중단하고 실내에서만 활동하는 운명으로 바뀐 지 꽤 됐다. 그래도 우울증 같은 증세를 보인 적은 한 번도 없었다. 뽀삐는 천성적으로 낙천주의자였다. 늙어 기운 없고

갖은 병치레를 치르면서도 모든 상황에 순응하며 잘 지냈다. 식구들의 말 잘 듣고 착하디착한 천사였다. 다만 건강을 잃어가는 애잔한 모습을 지켜보는 식구들은 안타까운 마음 그지없었다.

투병 중에도 뽀삐는 가는 날까지 변함없이 규칙적인 식생활과 운동 습관으로 참으로 아름다운 모습을 보여주었다. 그 모습에 온 식구들은 감동을 했다. 사람이나 동물이나 "건강의 비법은 좋은 식생활과 적절한 운동입니다!"라고 말하며 시범을 보이는 모습이었다. 뽀삐는 우리에게 건강 가정교사였다.

뽀삐는 철두철미한 소식 주의자였다. 아무리 맛있는 음식을 제공받아도 일정량 이상은 가차 없이 외면했다. 가끔 새로운 사료로 교체해 줄 때면 이리 저리 냄새를 맡고 한참을 살펴본 뒤에 아주 조금씩 먹기 시작했다. 먹는 음식에 대해 무지무지하게 조심스러워한 것이다. 아무리 배가 고픈 상황에서도 반드시 그런 적응기간을 거쳤다.

생각해보면 사람이나 동물이나 음식만큼 중요한 것은 없는 것 같다. 음식을 잘 먹어야 건강을 유지하는 반면, 그것을 잘못 먹으면 탈이 나고 건강을 해치기 때문이다. 잘못 먹어 심한 경우에는 식중독이 발생하고 목숨을 잃는 것을 보면 음식에 특별한 주의가 필요함을 알 수 있다.

하여간 믿기 어렵겠으나 뽀삐는 평생 배탈 난 적이 없다. 이 사실을 듣고 의사선생님도 깜짝 놀란 특별한 강아지다. 우리는 좋은 음식을 찾고 좋은 식생활습관을 유지하는 뽀삐의 지혜와 자제력을 보면서 건강의 비법을 배울 수 있었다.

또 하나 뽀삐는 평생 운동으로 건강을 유지했다. 실내로 제한된 생활을 하는 중에도 꾸준히 운동을 했다. 특히 마지막 가기 전 약 3개월 동안은 하루도 빠지지 않고 저녁 먹고 자기 전에 특이한 방법으로 운동을 했다. 걷기운동인데 너무나 인상적인 모습이었다. 안방과 응접실과 부엌 구석구석을 연결해서 서클을 만들어 그걸 따라 빙빙 돌며 걷는 운동이었다. 어려운 상황에서 자기 나름대로 운동장트랙을 만든 것이다. 그 트랙을 따라 매번 무려 한 시간 반을 걸었다. 어찌 강아지가 그렇게 할 수 있을까? 누가 훈련시키지 않았는데도 말이다. 목숨이 붙어있는 한 운동을 해야 한다는 건강의 원칙을 실행에 옮기고 시범을 보인 특별한 강아지였다.

지금 생각해도 뽀삐는 참으로 신통했다. 가기 전날까지 그 방법으로 걷기운동을 했다. 그리고 다음날 아침에 이상한 신호가 왔고 오후에 조용히 숨을 거두었다. 그러니까 뽀삐는 평생을 하루 이상 아파 누워본 일 없이 살다가 생을 마친 것이다. 내가 나중에 수를 마칠 때 뽀삐처럼 깨끗하게 떠날 수 있을까?

　요즘도 나는 뽀삐를 그리워할 때가 많다. 귀엽다, 착하다, 성실
하다, 행복하다 등등 좋은 이미지를 떠올리는 어떤 매력적인 대상이
나타나기만 하면, 사람이든 물체든 상관없이, 저절로 뽀삐가 연상
된다. 왜 그럴까? 나도 놀랄 일이지만 그 작은 동물에 푹 빠졌었기 때
문이라고 생각한다. 여하튼 뽀삐는 내 인생에 아마 영원히 잊을 수
없는 아름답고 고마운 추억을 남겨준 지극히 소중한 존재였다.

　우리 식구 가운데 누가 가장 뽀삐를 예뻐했을까? 나는 나라고 말
하고 싶지만 식구들은 동의할 것 같지 않다. 모두 다 최고로 예뻐했
기 때문이나. 함께 놀고 지낸 시간으로 따지면 집에 머무른 시간에
따라 아내, 나, 작은애, 큰애 순서일 것이다. 큰애는 도미유학을 했기
에 사실상 일찍이 헤어진 셈이다. 그럼에도 큰애는 수없이 뽀삐 안부
를 물었다. "엄마, 어제 밤 꿈에 뽀삐를 잃어버렸어요, 잘 챙기세요."
"엄마, 꿈에 뽀삐가 아팠어요." 등등이었다. 방학에 귀국할 때는 뽀삐
를 위한 선물로 특별히 글루코사민과 간식거리를 챙겨오곤 했다. 우
리는 컴퓨터에 우리가족을 위한 블로그에 "뽀삐네 집"을 만들어 놓
았다. 그 곳에 많이 올려놓은 귀여운 뽀삐 사진들을 보며 즐거운 대
화를 나누는 것은 식구들에게 큰 낙이었다.

마지막 3년에 나는 해외여행을 포기했다. 여행 마니아는 아니지만 기분전환을 위해 가끔 해외여행을 즐기는 편인데도 그렇게 했다. 이유는 뽀삐에게 무슨 일이 있을지 모르고 우리 내외 중에 반드시 한 사람은 남아서 간병을 해야 하는 특별한 사정 때문이다. 여행은 처가 쪽 식구들과 함께 세운 계획이 많아서 내가 빠지는 것이 낫겠다 싶어 언제나 내가 포기했다.

그렇다고 여행을 못해 섭섭하거나 아쉽다든지 하는 마음은 들지 않았다. 언제나 뽀삐와 함께 지내는 것으로 충분하고 다른 아쉬움 같은 것은 없었다. 여행 때문에 부부가 떨어져 지내는 동안에 서로 주고받은 메시지도 재미있다. 매번 아내가 뽀삐의 컨디션을 묻고 나는 뽀삐의 일거수일투족을 보고하는 식의 내용으로 주종을 이루었다. 부부가 달콤한 대화를 나누기엔 꽤 늙었음을 알고 그 대신에 뽀삐를 통해서 서로 애틋한 정을 나누었던 것 아닌가 싶다.

뽀삐를 보내고 난 뒤 허전함은 이루 말할 수 없었다. 그걸 극복하기 위해 다시 반려견을 입양하기도 한다는데 우리는 그러지 않기로 했다. 우선 뽀삐에게 미안한 생각이 들었기 때문이다. 또한 우리가 할 수 없이 집을 비워야 할 때 예전처럼 아들 며느리가 휴가 내고 조퇴해가며 강아지를 돌봐줄 만한 형편이 안 되는데다가 가장 큰 이유는 우리가 이제 끝까지 책임을 질 자신이 없기 때문이다.

그럭저럭 반년 쯤 지났을 무렵에 신기한 일이 발생했다. 우리는 강아지가 아닌 다른 동물을 만났다. 이번에는 길고양이였다. 이것도 강아지처럼 기묘한 우연이었다. 이웃집이 이사를 간 뒤에 벌어진 일이다. 우리는 이사를 간 이웃이 집 앞 화단 쪽에서 길고양이 두 마리를 챙겨줬다는 사실을 알게 되었다. 집안 사정으로 급히 이사를 간 터였고 고양이들은 주인이 떠난 사실도 모르고 찾아와 빈집 쪽을 향해 바라보고 기다리고 있음을 발견한 것이다. 그 모습을 보고 우리는 당장 겨울철에 접어든 때라 그 고양이들을 챙겨주기로 했다. 반려견과 달리 밖에서 화단가에 하루 한번 사료와 물을 제공하기만 하면 되는 일이라 쉽게 결심하였다.

영리하고 귀여운 고양이들이었다. 금방 친해졌다. 일반적으로 길고양이는 사람들을 피한다고 들었는데 이 녀석들은 달랐다. 특히 그중 한 마리는 아주 가까운 거리까지 접근해서 나중에는 쓰다듬는 것까지 허용할 정도였다. 사료를 제공하고 돌아설 때는 조용히 "미아우" 소리를 내며 고맙다는 인사까지 했다. 정말 신통한 고양이였다. 아마 누구 집에서 살다가 집 나온 고양이가 아닐까 추측해봤다.

두 녀석은 정말 사이가 좋았다. 고양이는 통상 한 마리씩 차례를 정해 음식을 먹는다는데 이들은 서로 마주보고 머리를 맞대고 먹었다. 너무도 다정스런 모습이었다. 쌍둥이처럼 늘 붙어 다닌 두 녀석 이름을 우리는 각각 "똘이"와 "둥이"라고 붙였다. 한 녀석은 인사까지 할 정도로 똑똑한 똘똘이고 다른 녀석은 겁이 많아 일단 도망부터 가는 겁둥이였기에 그렇게 불렀다. 이름을 지어 부르니 더욱더 정이 들었다.

똘이와 둥이는 아무리 추운 날씨와 폭설에도 저녁 8시 무렵에 어김없이 나타났다. 한겨울에 낮에 어디서 활동하는지 모르겠으나 그 시간이면 꼭 찾아왔다. 사료를 주는 잠깐 동안이지만 우리는 그 녀석들과 만나 교감을 나누고 겨울 내내 꽤 정이 들었다. 그들이 행복의 전도사 뽀삐로부터 바통을 이어 받은 것은 아닐까, 그런 생각도 해보았다.

그해 겨울 방학 중에 큰애와 며느리는 일시 귀국해서 고양이들을 보고 무척 반가와 했다. 그리고 집에서 길러보라고 제의했다. 뽀삐가 가고 난 빈자리에 똘이와 둥이를 맞이하라는 제의였다. 하지만 우리는 자신이 없었다. 또 길고양이는 어쩌면 밖에서 자유롭게 살기를 좋아하는데 집안에 가두어놓으면 불편해하지 않을까 그때는 그런 생각을 했다.

겨울을 잘 나고 이듬해 4월 어느 날 똘이와 둥이는 갑자기 사라졌다. 계절 따라 새로운 영역을 찾아갔으리라 믿었다. 아니면 번식을 막기 위해 구청에서 실시한 대대적인 "작전"에 포획돼서 다른 지역으로 강제 이동되었는지 모르겠다. 여하튼 우리는 동네를 샅샅이 뒤지고 찾아다녀도 찾을 수 없었다. 경비실 아저씨들은 우리 동네에서 그런 작전은 없었다고 했다.

　짧은 기간이었지만 그해 추운 겨울에 우리는 똘이와 둥이를 만나 행복했다. 그리고 행복은 우리에게 이어졌다. 큰 며느리는 오래 기다리던 임신을 하고 우리는 10개월 후에 이 세상에서 가장 귀여운 손자 쌍둥이를 보았다.

제 2 부
큰애의 끝없는 도전 이야기

HARVARD

1. 맥아더의 아들을 위한 기도문

자녀를 잘 기르고 싶은 마음은 이 세상 모든 부모가 다 같으리라 생각한다. 제1, 2차 세계대전과 6 · 25전쟁, 3대 전쟁을 승리로 이끌고 세계적으로 명성을 떨친 명장 더글라스 맥아더 장군은 가정에서도 훌륭한 아버지였다. 자식이라곤 장군의 나이 만 58세에 낳은 늦둥이 아들 한 명밖에 없었다. 장군은 태평양전쟁에 출정하기에 앞서 후방에 남겨놓은 외아들을 위해서 유명한 "아들을 위한 기도문"을 썼다.

아들의 이름은 할아버지의 이름을 물려받은 Arthur MacArthur 4세다. 아들이 미국에서 현재 무엇을 하고 있는지 미스터리로 남아 있는 것은 역사의 아이러니다. 그가 맥아더 장군의 기도문에서 바라는 염원대로 살았는지에 대해서 말하기는 지극히 어렵다. 분명한 사실은 그는 유명한 할아버지와 아버지와 달리 군인가문을 이어가지 않은 점이다. 그는 아버지의 명성이나 후광을 벗어나 철저히 외부 언론과 누리꾼들의 접근을 피하여 완전히 자유인으로 살고 있다. 미국육사 웨스트포인트가 아닌 콜롬비아 대학 졸업생(1961년도)이란 사실만 알려져 있고 그의 직업에 대해서는 음악인, 사업가, 미술인 등 설이 무성할 뿐이다. 맥아더의 전기 작가 William Manchester는 장군의 아들에 대해 성도 바꿔서 지내고 있는 것으로 추측했다. 어머니 Jean MacArthur가 2000년에 사망했을 때 유가족 명단에 유일한 아들로 그의 이름이 공개된 사실 외에 그의 사생활은 완전히 베일에 가려져 있다. 미국언론도 그의 입장을 존중하여 굳이 그의 사생활을 파헤치려 하지 않는다고 한다.

맥아더 장군이 기도문을 쓴 것은 아들의 나이 4살 때였다. 이 기도문은 오늘날 많은 부모들이 좋아하는 애송시로 칭송을 받고 있다.

주여, 나에게 이런 아들을 주소서.

약할 때 자신을 분별할 수 있는 강한 힘과
두려울 때 자신을 잃지 않는 담대함을 가진 아들,
정직한 패배를 부끄러워하지 않고 의연하며
승리 앞에서 겸손한 아들을 주소서.

바라기만 하지 말고 행동을 실천하는 아들,

주를 알고 자신을 아는 것이
지식의 근본임을 아는 아들을 허락하소서.

그를 평탄하고 안이한 길로 인도하지 마시고
고난과 도전에 맞설 수 있도록 인도하며
폭풍 속에서 용감히 싸우고
패자를 긍휼히 여길 줄 알도록 가르쳐 주소서.

마음이 깨끗하고 목표가 높으며
남을 정복하려 하기 전에 먼저 자기 자신을 다스리는 아들
미래를 바라보는 동시에 과거를 잊지 않는 아들을 나에게 주소서.

그리고 이에 더하여 유머를 알게 하시어
인생을 진지하게 살아가면서도 삶을 즐길 줄 알고
자기 자신을 너무 중대하게 여기지 말게 하소서.
겸손한 마음을 주셔서 진정한 위대함은 소박함이며
진정한 지혜는 열린 마음임을
진정한 힘은 온유함임을 기억하게 하소서.

그리고 언젠가는 제가 헛되이 살지 않았노라고
고백할 수 있도록 도와주소서.

2. 자녀교육을 중용의 지혜로 풀어간다

　세상 뭇 부모들을 감동시킨 기도문의 구구절절은 자녀가 잘 자라기를 바라는 부모들의 간절한 염원을 대변하고 있다. 어쩌면 부모의 염원에 불과한 것이 아니라 자녀를 이런 방향으로 기르겠다는 강력한 교육시노 의지를 나타낸 것으로 해석할 수 있다. 맥아더 장군의 기도문에서 가장 진하게 내 맘에 와 닿는 부분은 강인한 정신력과 겸손한 자세를 갖춘 자녀를 바라는 내용이다. 만만치 않은 사회에서 생존하려면 강인한 정신력은 필수적이고 또한 이웃과 더불어 사는 인간사회에서 겸손함은 최고의 미덕이라고 믿기 때문이다.

　부모의 기도대로 염원대로 자녀가 잘 자라면 얼마나 좋으련만 뜻대로 잘 되지 않는 것이 현실이다. 그래서 아버지의 기도문과 어머니의 기도문이 많이 나오지 않을까 생각해본다. 자녀를 어떻게 잘 키우고 교육을 시킬까? 자나 깨나 자녀 걱정을 하고 사는 것은 부모의 평생 운명이다.

부모는 아기를 낳아 처음에는 물고 빨면서 키운다. 아기는 엄마의 젖을 만지작거리고 엄마는 아기를 안고 서로 한없이 스킨십을 나누면서 지낸다.

그러다 아기가 자라면서 달라진다. 아기는 얌전하지 않고 천방지축 타고난 성질을 있는 대로 부리기 시작한다. 손을 잡고 걷기 연습을 할 때 잡았던 손을 처음에는 꼭 쥐었다가 나중에는 뿌리치고 자기 맘대로 걸으려 한다. 숟가락으로 떠먹여주는 밥도 처음에는 얌전하게 잘 받아먹다가 어느 순간부터 거부하기 시작한다. 서투른 숟가락질로 직접 먹겠다며 막무가내로 나온다. 이런 식으로 매사에서 말을 잘 듣지 않고 통제에서 벗어나려 한다. 결국 아기는 부모의 사랑을 간절히 바라면서도 지나친 사랑과 간섭은 싫다며 은근히 부모와 밀고 당기기의 심리전을 펼치기 시작한다.

부모는 아기와의 심리전과 눈치싸움에서 어떻게 행동해야 할까? 나쁜 버릇이 들지 않도록 떼를 쓰는 행동에 대해서는 처음부터 팍 제압하는 것이 좋을까? 아니면 아기의 요구를 다 들어주는 것이 좋을까?

말귀를 알아듣지 못하는 유아기에는 떼를 쓰더라도 잘 구슬리며 받아넘기는 것이 좋을 것이다. 떼를 쓰는 것은 일종의 의사 표시며 앞으로 씩씩하게 자라겠다는 자아의식의 표현이라고 볼 수 있다. 물론 생떼를 다 받들어주기는 곤란하더라도 어느 정도 아기의 요구를 충족시켜주는 것이 마땅하지 않을까 그렇게 생각한다.

유아기 자녀는 자아에 대한 판단력과 통제력이 없으므로 절대적으로 부모의 보호 지도가 필요하다. 특히 엄마의 역할이 크다. 뱃속에서부터 끔찍이 보호하고 출산 후에는 젖을 먹이고 뒤집고 앉고 서고 걸을 수 있을 때까지 헌신적으로 돌보는 역할을 한다.

그러는 중에 자녀는 자아의식을 갖기 시작한다. 자연스럽게 부모도 자녀를 점차 풀어놓으면서 기르기 시작한다. 그러나 풀어놓는다고 해서 부모가 할 일은 결코 가벼워진 것이 아니다. 되레 힘들고 보통 어려운 문제가 아니다. 유아기와 소년소녀기 각각의 나이에 따라 얼마나 통제하고 풀어주어야 할까, 어떻게 지도해야 할까, 주위환경의 변화에 어떻게 대처해나가야 할까 등 세심하게 고려해야 할 요소가 한두 가지가 아니다. 쉬운 것은 하나도 없으며 보통 신경 써야 하는 일이 아니다.

요는 자녀의 자아발달을 위해서 단계적으로 잘 가르쳐야 하는 역

할이지만 그게 보통 복잡하고 어려운 일이 아니다. 인간 개성은 천차
만별이다. 자녀도 부모와 개성이 달라 점점 자라면서 가르치는 대로
순순히 따르지 않으려 함으로써 서로 부딪치기 일쑤다. 따라서 자녀
교육이란 누구에게나 통하고 성공을 보장하는 모범답안은 있을 수
없다. 다만 보편적으로 좋다고 말할 수 있는 담론만이 있을 뿐이다.

흔히 "자식농사 잘 지었다" 또는 "못 지었다"라는 말을 한다. 이것
은 옛날 사람들이 주로 농사짓고 살았던 풍토에서 나온 말이다. 농사
에서와 마찬가지로 자녀교육에서도 좋은 결과를 바라는 심정에서 자
연스럽게 나온 말이다.

각각의 과정을 살펴볼 때는 결코 좋은 비유가 못된다. 농사는 주인
이 열심히 정성을 쏟아 부은 만큼 좋은 결실을 거둔다. 하지만 자녀
교육은 그렇게 단순하지가 않다. 농작물과 달리 자녀는 자아의식을
갖고 생각을 하기에 부모의 정성을 그대로 다 수용하지 않는다. 말을
아직 할 줄 모르는 아기를 보더라도 부모 품에 안기기를 좋아하지만
때로는 그것을 싫어하고 자기 맘대로 행동하려 한다. 따라서 부모가
일방적으로 온 정성을 다 쏟는다고 자녀교육에서 좋은 결실을 거두는
것은 아니다.

과잉보호는 자녀의 자율능력을 저해시키고 어른으로의 성장을 지

연시킨다. 방임은 더 나쁘다. 자녀를 잘못된 길로 빠뜨리거나 버릇 나쁘게 만들 위험성이 크기 때문이다.

자녀교육의 핵심은 통제와 자율을 적절히 조율하는 중용의 지혜를 필요로 하는 것이다. 엄할 때와 온화할 때, 통제할 때와 자율에 맡길 때를 알아서 알맞게 조율하는 것이다. 그건 말하기는 쉽지만 실행에 옮기기란 대단히 어려운 일이다.

사실 자녀교육이란 어떤 목표를 달성함으로써 끝나는 성격의 과제는 아니다. 자녀교육은 사랑과 믿음으로 형성된 가족생활의 중요한 부분을 차지하는 것이다. 가정에서 함께 지내는 생활에서 교육은 끊임없이 이루어진다. 자녀가 결혼해 떨어져 나간 다음에도 자녀를 걱정하고 이것저것 필요한 것 지원하고 챙기고 하는 일은 부모의 평생 과업이다.

부모의 주 역할은 자녀를 사랑함과 동시에 교육을 잘 시키는 일이다. 흔히 사랑은 관대하고 교육은 엄격해야 한다고 말하는데 과연 그렇게 구별할 수 있을지 잘 모르겠다. 애매모호한 경우가 많기 때문이다. 극단적으로 회초리를 들고 교육하는 경우를 가정해보자. 부모가 회초리를 드는 이유는 자식을 사랑하기 때문이지 미워해서가 아니다. 그래서 사랑의 회초리라고 말하는 것이다. 부모는 자식에게 기본적으로 관대하고 가끔 위엄 있게 행동하는 것이지 항상 엄격한 모습을 보여야 하는 것은 아니라고 생각한다.

자녀를 학교에 보내면서 부모는 학부형이란 새로운 지위를 얻게 된다. 학교교육전문가인 선생님에게 교육을 맡기고 부모는 학부형을 맡는 것이다. 그렇다고 부모의 역할이 가벼워지는 것은 아니다. 중요한 가정교육은 여전히 부모의 몫이다. 또한 학교교육에도 관심을 갖고 부모는 자녀로 하여금 학교생활에 잘 적응하도록 지도 및 지원하는 역할을 충분히 해야 한다.

자녀에게 부모는 본보기가 된다. 학교에 들어가기 전이나 후나 마찬가지다. 자녀가 성장하면서 갖춰가는 사람 됨됨이, 즉 생활태도, 사고방식, 가치관 등의 인성은 부모한테서 가장 큰 영향을 받는다. 부모가 온건하면 자식도 온건해지고 부모가 극단적이면 마찬가지 극단적으로 발전할 가능성이 높다. 부모는 자식에게 거울이다.

그렇다면 자녀에게 완벽한 역할을 하는 부모가 과연 존재할까? 부모도 인간이기에 부족한 점이 많다. 자녀 앞에서도 부모는 많은 실수를 하고 후회를 하고 반성을 하면서 산다.

자녀는 처음에는 자기 부모를 만물박사로 생각한다. 궁금한 것 다 알려주고 자기한테 최고로 잘해주기 때문이다. 그러나 어느 순간부터는 부모도 모르는 게 많고 또 나쁜 습관까지 있구나 하는 점을 알아차리게 된다.

담배 피우는 아빠에 대해서 어린 자녀의 반응을 가정해보자. 아빠가 안을 때마다 고약한 냄새가 나니 싫어한다. 아빠 품에서 빨리 벗어나기 위해 몸을 비비꼰다. 그런데 어느 날 싫은 냄새가 사라진 것을 알고, "아빠, 담배 끊었어!"하며 아빠를 힘껏 안고 환호한다. 아빠의 금연 효과는 자녀에게 단지 담배냄새 제거로만 끝나는 것이 아니다. 교육적으로 엄청 큰 영향을 갖다 준다. 나쁜 습관을 고친 아빠의 모습에서 자기 자신도 나쁜 습관을 고쳐 나가겠다고 맘을 먹게 된다.

인생은 수양이다. 아이나 어른이나 다 좋은 습관을 갖기 위해 노력하고 착하게 성실하게 살아야 한다. 더불어 사는 사회에서 주위를 배려하고 규칙을 지키고 올바른 가치관을 갖고 살아야 한다. 아이에게만 수양을 강조할 게 아니라 어른도 평생 수양을 하면서 살아야 한다. 자녀는 부모를 보고 배운다. 부모가 매사에 무리 하지 않고 유연하면 자녀도 따라가고 심신이 튼튼한 아이로 성장한다.

부모는 결코 자신의 입장을 자녀에게 강요해서는 안 될 것이다. 자기가 이루지 못한 것을 대신 해주기를 바라고 자녀에게 모든 기대를 걸고 자녀한테서 대리만족을 찾으려 해서는 안 된다. 자녀는 자신의 분신이 아니다. 부모의 욕심과 이기주의는 자녀를 불행하게 만들 가능성이 높다. 구김 없이 자라야 할 나이에 부모를 행복하게 해야 한다는 중압감을 갖게 하면 자녀는 기를 펴지 못한다. 그러다 잘못되면 세상에 대해 비관주의자가 되기 쉽고 될 대로 되란 식으로 나오며 정신적인 공황을 겪을지도 모른다.

갈등이 생길 때는 우선 자녀의 요구와 심리상태를 이해하려 애써야 한다. 무엇을 원하며 무엇이 문제가 되고 있는가를 파악해야 한다. 자녀의 생각과 감정을 고려하지 않고 자기 생각만으로 좋은 방향을 설정해놓고 자녀에게 따르라고 해서는 잘 해결되지 않는다. 부모의 머릿속에 자녀를 위한 아무리 좋은 생각이 떠올라도 그것은 어디까지나 부모 생각에 불과하다. 자녀가 수용하지 않으면 아무 소용이 없는 것이다. 대화와 설득을 통해 자녀 자신의 참 좋은 생각으로 만드는 게 좋다.

자녀가 말을 잘 듣지 않을 때 강제력 사용은 최악이다. 강제력 사용은 당장에 쉬운 방법이 될지 모르겠으나 그것은 자녀에게 불만을 누적시키고 결국 부모 자식의 관계를 악화시킬 뿐이다. 제약, 통제, 강압을 많이 받은 아이들은 부모에 대해 원망을 많이 한다.

부모의 참 역할은 자녀에게 스스로 올바로 판단하고 선택하고 결정하게 하는 능력을 심어주는 일이지 자기가 바라는 방향으로 억지로 끌고 가는 것은 아니다. 물론 똑바로 자라도록 인성교육을 잘 시켜야 한다. 그리고 자녀가 확실히 잘못된 길에 있으면 올바른 길에 들어서도록 방향을 제대로 잡아주어야 할 것이다.

말을 잘 듣지 않은 아이와 어떻게 대화와 소통이 가능하냐며 강제력을 사용할 수박에 없다고 주장하는 이들도 있다. 그러나 그것은 잘못된 생각이다. 소통의 부족은 부모의 책임이지 아이 탓으로 돌릴 성격의 문제가 아니다. 부모는 아이를 다루는 기술에서 도사가 돼야 한다. 아동심리에 대해시 공부도 하고 부모 스스로 끊임없는 노력을 해서 자녀와의 대화와 소통의 기술을 계발하면 원만하게 문제를 해결해 나갈 수 있다.

소통의 문제는 어디까지나 부모가 주도적으로 문제를 풀어가는 것이 원칙이다. 만일 윽박지르고 야단치기만 해 아이가 입을 열지 않으면 아이한테도 미안하다고 사과할 필요가 있다. 가능한 한 부모는 자기 하고 싶은 말을 다 하려 하지 말고 역지사지의 입장에서 자녀가 무엇을 바라고 무엇이 문제인가에 대해 아이의 말을 진심으로 듣고 이해하려 애써야 한다. 만일 진정성이 없으면 자녀는 금방 부모의 의도를 읽고 반발하기 쉽다.

자녀는 자신을 믿어달라고 하고 부모는 자녀를 못 믿어한다면 상호 불신으로 소통이 이루어질 턱이 없다. 입장차를 해소하지 못한 채 심리전으로 줄다리기 싸움에서 누가 오래 버티는가 보자는 식으로 나오는 것은 더욱 곤란하다.

훌륭한 부모는 치어리더 역할을 잘 하는 것으로 알고 있다. 아무리 작은 분야라도 긍정적인 일에서 자녀가 열중하는 모습을 보이면 관심을 보이고 적극 북돋아줄 필요가 있다. 자녀의 자아발견 및 자기계발에 힘을 실어주기 위해서다.

자녀를 칭찬할 때 확실히 성취한 결과만을 보고 하는 것은 바람직하지 않다. 결과에 대한 집착은 부담감에 시달릴 것이며 결과가 별로일 때는 실망할 가능성이 높기 때문이다. 과정에서 열심히 노력하는 모습을 보고 칭찬하는 것이 훨씬 바람직하다. 노력하는 과정에서 많은 것을 생각하고 배운다. 무슨 일을 하든지 노력과 성실함의 중요성을 터득하게 하는 것이 중요하다.

자녀에게 모든 분야에서 다 잘하기를 기대해서는 안 된다. 사람은 누구나 잘 하는 분야가 있는가 하면 부진한 분야도 있기 마련이다.

세상은 팔방미인보다 전문가를 필요로 한다. 잘 하고 있어 자신 있어 하는 분야에 대해서는 계속 살려나가도록 힘을 실어주고 부진한 분야에 대해서는 무시하거나 나중에 눈을 뜰 거라든지 또는 그 분야와 적성이 맞지 않다고 받아들이는 것이 좋다.

어렸을 때 각별히 신경 써서 역점을 둬야 할 부분은 자녀의 기를 최대한 살려주고 활기차게 자라도록 하는 것이라고 생각한다. 그러기 위해서는 잘 하는 분야에 대해 계속 응원하는 것이 좋다. 괜히 부진한 분야에서 헤매도록 하여 자신감을 잃게 하는 어리석음은 필히 피해야 한다. 어렸을 때 자녀의 자신감을 길러주는 것은 미래에 대한 긍정적인 사고를 갖도록 하는데 필수라고 생각한다.

아이들은 또한 기본적으로 호기심이 많다는 점을 인정해야 할 것이다. 아이들은 새로운 분야에 흥미를 갖고 접근하기를 좋아한다. 그러나 변덕도 심해 금방 흥미를 잃기도 한다. 대수롭지 않은 점을 알아내고 금방 싫증을 내는가 하면 너무 어려운 일임을 알고 쉽게 의욕을 잃고 포기하는 것이다. 그럴 때 부모는 아이에 대해 의지가 약하다고 속단하지 말고 아이로 하여금 새로운 흥미 있는 분야를 찾아가게끔 부추기는 게 좋다. 어렸을 때 호기심을 키워주는 게 매우 중요하다고 생각한다. 다양한 경험과 시행착오를 통해 여러 가지 분야에 눈을 뜨고 학습을 확대시켜나가기 때문이다. 뿐만 아니라 아이는 부모도 잘 모르는 무한한 잠재력을 길러가면서 자아발견 및 자기계발을 해나가기 때문이다.

자녀교육에서 핵심은 결국 성인이 돼 부모 품을 떠나게 돼 있으므로 궁극적으로는 자립을 위한 준비와 훈련을 시키는 일이다. 따라서 무작정 잘 보호하는 것만으로 만족할 수 없다. 치열한 경쟁사회에서 자기인생 스스로 개척해나갈 수 있게끔 체계적으로 자립심을 길러줄 필요가 있다. 그러기 위해서는 자녀가 커갈수록 간섭을 자제하고 통제에서 풀어주며 그 대신에 자기 일을 스스로 해결해나가고 책임지는 강한 책임감을 갖게 길러야 할 것이다.

문제는 세상일 거개가 그러듯이 담론은 현실과 거리가 있다는 점이다. 자녀교육에서 담론을 잘 알고 있으면서도 그것을 실행에 옮기기란 지극히 어렵다. 현실은 너무나 복잡다단하고 녹록치 않다. 현실을 무시한 채 담론을 논하는 것은 뜬구름 잡는 격이다. 자녀교육은 현실에 바탕을 두고 현실과 담론 사이에서 적절한 중용을 취하는 것이 현명하지 않을까 그렇게 생각한다.

우리의 경우 자녀교육의 여러 담론 가운데서도 나름대로 중점을 둔 방향을 소개해보자면 대체로 다음과 같은 것들을 들 수 있다.

첫째, 옳고 그름, 좋고 나쁨, 중요한 일과 하찮은 일 등을 스스로 가려내는 분별력, 그리고 예절을 알고 스스로 감정과 행동을 조절하는 자제력과 책임감 등을 갖춘 아이로 키우겠다.

둘째, 세상 일 맘대로 안 됨을 스스로 터득하고 거기서 생기는 각종 스트레스를 스스로 극복하는 강인한 정신력을 갖춘 아이로 키우겠다.

셋째, 성장하고 성숙해 가는 속도를 지켜보면서 자녀를 점차 풀어주고 자율에 맡기는 것이 좋겠다.

넷째, 문제가 생길 때마다 사사건건 부모가 나섬으로써 아이를 마마보이나 파파보이로 만드느니 차라리 고생하도록 내비 두는 방향으로 키우겠다.

다섯째, 자녀 교육에서 개입할 것인가, 그냥 내버려둘 것인가, 중요한 결정을 쉽게 내리지 못하고 고심을 할 때가 꽤 있다. 그런 경우에는 이미 철이 든 나이라면 그냥 믿고 내버려두는 방법이 훨씬 낫겠다. 설령 부모 맘에 안 들더라도 자아발견 및 자기발전을 위한 하나의 과정으로 보고 받아들이는 것이 좋겠다.

여섯째, 어느 순간부터는 자식에게 잔소리를 일체 하지 않겠다. 잔소리는 누구나 싫어한다. 부모 자식 간에도 마찬가지다. 성인 나이에 가까워질수록 잔소리를 자제하는 것이 좋겠다. 그때쯤이면 자식은 신체적으로 부모보다 더 힘이 세다. 달리기나 팔씨름에서 부모를 이긴다. 정신적으로도 사리 판단력과 분별력에서 걱정할 필요가 없는 나이다. 그래서 우리나라 총선이나 대선과 같은 중요한 선거 때 부모와 똑같이 투표권을 행사하는 것 아니겠는가? 뿐만 아니라 디지털 시대에 여러 가지 IT기기와 인터넷을 사용하는 생활에서 자녀들은 확실히 부모를 앞서 간다. 따라서 역으로 부모가 자식한테서 배우며 사는 시대임을 알아야 하겠다.

우리는 자녀교육을 위해 특별히 가훈 같은 것을 만들지는 않았다. 다만 기본적으로 상식적인 선에서 꾸준히 강조한 키워드는 있었다. 대표적인 키워드는 솔직, 기본, 최선 등 세 단어다. 이것은 우리 자신부터 지키려 노력한 것이기에 사실상 우리 자신의 생활신조라고 말할 수 있지 않을까 생각한다.

첫째, 솔직

손자병법에 지피지기 백전불태(知彼知己 百戰不殆)란 구절이 있다. 전쟁에서 위태롭지 않기 위해서는 적을 알고 나를 알아야 한단 금언이다. '나를 알아야 한다!'는 말은 병법만이 아니고 일상생활과 자녀교육에서도 유용한 금언이라고 생각한다.

인생을 마음 편하게 행복하게 살기 위해서는 기본적으로 자신에게 솔직한 인생을 살아야 한다고 본다. 만일 모르면서 아는 척, 잘나지 않으면서 잘난 척, 가진 것 없으면서 가진 척, 그렇게 가식적인 삶을 산다면 얼마나 불안하고 피곤할까?

물론 세상에는 별의별 사람들이 많고 특히 위선자들이 요란하게 떠드는 모습을 볼 수 있다. 조금 잘난 것으로 자기 지위와 신분이 대단히 높은데 있는 것처럼 거들먹거리고 거드름피우는 사람들이 있다. 이런 솔직하지 않은 사람들은 행복하다고 말하더라도 그것은 행복한 척 하는 것이지 진짜로 행복한 것은 아니다.

진짜로 행복한 사람들은 솔직하고 겸손하다. 스스로를 알고 스스로를 잘 관리한다. 반면에 분수를 모르고 거품으로 사는 사람들은 여기저기서 좌충우돌하고 그러다가 좌절하기 쉽다.

우리는 애들과 진솔한 대화를 나누려 애쓰고 근검절약을 강조한 편이다. 내 자신부터 그러려 노력했다. 주위 분위기로 보면 골프를 배워야 할 것 같은데 골프 어쩐지 나와 맞지 않는 사치라고 생각했다. 그래서 아예 배우지 않았다. 최소한의 기본 문화생활을 유지하기 위해서는 가족 모두 근검절약해야 하겠다고 생각했다. 정말 고맙게도 애들은 잘 따라 주었다. 애들은 오래 된 물건도 잘 아꼈다. 가끔 비싼 장난감을 사준 경우도 애들 성화 때문이 아니고 우리 스스로 결정한 게 대부분이다. 애들은 이미 어른이 된지 오래된 지금도 우리 이상으로 근검절약을 중요한 생활철칙으로 삼고 있다.

둘째, 기본

어느 분야나 기본에 충실해야 함은 지극히 상식이다. 누구나 우선 자기 할 일 기본을 성실히 수행하는 것은 삶의 기본 도리라고 생각한다. 물론 기본 외에 다른 분야에 눈을 떠서 안목을 넓히는 것도 필요하다. 그러나 그것은 자기 분야에 내공을 쌓은 다음의 일이다. 기본을 수박 겉핥는 식으로 대충대충 넘어가서는 안 될 것이다.

무슨 일이나 부화 내동과 유행에 흔들려서는 안 될 것이다. 원칙과 소신을 지켜야 한다. 부동산투자나 주식투자로 돈 벌었다는 소문에 혹해서 가진 재산 다 털어 넣고 쪽박 찼다는 이야기를 수없이 듣는다. 그럼에도 이런 이야기가 계속 나오는 것은 사람들이 유행을 좋아하고 욕심을 부리고 무리를 하기 때문이다.

골프는 기본적으로 좋은 운동이다. 대체로 성공한 사업가들은 골프를 좋아한다. 세계적인 대기업인 GE 회장 잭 웰치는 골프를 "자기가 좋아하는 '사람'과 '경쟁'을 절묘하게 조화시킨 스포츠"라고 예찬했다. 내 친구 가운데도 "이 세상은 골프라는 스포츠가 있어서 지상낙원"이라고 말하는 골프광이 있다. 돈 많이 버는 사업가들은 사업상으로나 여가시간을 보내는 방법으로 골프만큼 좋은 스포츠는 없다고 주장을 한다. 충분히 이해할만 하다.

그러나 골프는 누구나 즐길 수 있는 대중적 스포츠는 아니다. 골프는 약간 부를 상징하는 사치스러운 스포츠다. 만일 너 나 할 것 없이 다 골프에 미치면 나라 망할 것이다. 그래서 위기 때마다 공직자들더러 골프를 자제하란 말이 나오는 것 아니겠는가?

가끔 보면 실력은 별론데 대인관계와 처세를 잘해서 출세하는 사람들이 있다. 그러나 그런 사람들은 결코 오래 못 간다. 모든 분야에서 다 꾸준히 실력을 쌓은 사람들이 성공하고 오래 간다. 실력도 실력이지만 거기서 나오는 자긍심과 자신감으로 성공한다. 그들은 설령 당장 잘 안 풀려도 자신감을 갖고 있기에 포기하지 않고 칠전팔기 계속 도전함으로써 끝내 성공하는 것이다.

우리는 애들에게 공부는 시켜서 마지못해 하는 것이 아니고 스스로 열심히 하는 것이란 점을 주문처럼 강조했다. 그리고 기본인 학교 정규수업을 충실히 따라가도록 하고 과외를 시키지 않았다. 우리는 우리나라의 높은 교육열에 대해서는 환영할 일이지만 그 여파로 인한 과외교육의 과열현상에 대해서는 매우 부정적으로 보았다. 여러 가지 이유를 들 수 있다.

과외란 어디까지나 소수의 특별한 학생들을 위해 필요한 것이지 다수 학생들을 끌어들이는 풍토로 가는 것은 지극히 비정상이기 때문이다. 또한 과외는 지나친 사교육비 부담으로 학부모의 등골을 휘게 하기 때문이다. 뿐만 아니라 교육적으로도 그것은 정규교육과 인성교육을 경시하는 풍토를 조성하고 단지 입시위주의 교육으로만 흐르는 심각한 문제를 야기하기 때문이다.

주위를 보면 정말로 공부 잘하는 학생들은 과외를 받지 않고 기본을 충실히 하고 스스로 공부 잘하는 법을 터득했음을 알 수 있다. 우리는 기회 있을 때마다 애들에게 이 점에 대해서 환기시켰다. 공부는 스스로 하는 것이며 공부 잘하는 습관을 스스로 길러야 한다는 점을 강조한 것이다.

우리의 간절한 소망과 노력에도 불구하고 학창시절에 우리 애들은 스스로 공부 잘하는 법을 터득하는 수준까지 이르지는 못했다. 다만 대체로 기본을 충실히 한 편에 속했으며 우리는 그 정도로 만족해 했다.

셋째, 최선

지성이면 감천이다. 어떤 상황에서나 최선을 다하면 좋은 결과를 얻는다는 금언이다. 나는 이것을 철저히 믿는다.

누구나 인생은 힘들고 어려운 상황에 부닥칠 때가 많다. 힘들 때 사람들은 세상을 어떻게 보는지 관점에 따라 극명하게 구별이 된다. 비관주의자는 하필이면 나에게 왜 그런 일이 발생하는가 한숨을 푹푹 쉬는 반면, 낙관주의자는 살다보면 이런 일도 있을 수 있겠지 하며 이를 악물고 상황을 극복해 나간다. 열심히 살고 성공하는 사람들은 모두 다 후자에 속한다고 생각한다.

우리는 기본적으로 자칭 낙관주의자들이다. 고마운 세상 한 세상을 살면서 즐겁고 행복하게 살아야 하지 않을까, 최소한 그렇게 살아야 한다고 생각하는 사람들이다. 비록 오늘 어려움에 부딪쳐서 힘들어도 내일이 있다는 희망을 갖고 지내려 애쓴다. 거창한 목표를 세워 놓고 사는 것은 아니지만 대체로 "can-do-it" 마음 그리고 어려울 때도 어렵지 않은 일이 어디 있을까 또는 전화위복이 있겠지 하는 마음을 갖고 사는 편이다.

우리는 애들에게 젊어서 고생은 사서도 하는 법이다, 여러 가지 경험을 많이 쌓아야 한다는 말을 즐겨 사용했다. 우리는 정신력이 강한 아이들을 원하고 그들이 세상살이의 어려움을 경험하며 스스로 극복하는 훈련을 가능한 한 많이 쌓기를 바랐다. 그래서 대학교에 다닐 때는 가능한 한 아르바이트 경험을 많이 쌓도록 권했다.

애들은 자기 일에 대해 최선을 다했다. 스스로 결정하고 책임을 진다는 정신이 강했다. 대학을 졸업하고 군에 입대할 때 그것을 확실히 확인할 수 있었다. 입영영장을 받고 훈련소에 갈 때 우리는 애들을 다 집에서 굿바이 했다. 그들은 가까운 지하철역까지 바래다주는 것마저 마다했다. 군 복무 중에 우리는 그들 면회를 간 적이 한 번도 없다. 부모 마음을 괜히 불편하게 하고 싶지 않아 거절했기 때문이다. 나는 애들의 그런 태도에 잘 컸다는 고마운 생각과 함께 든든한 맘이 들었다.

3. 유년기에 맘껏 뛰놀았다

큰애는 매우 건강한 아이로 태어났다. 지금 생각하면 웃기는 일이지만 당시 나는 아들 선호 분위기에 따라 마치 개선장군이라도 된 듯이 엄청 좋아했다. 병원에서 처음 만났을 때 큰애가 나에게 보여준 첫 모습은 입이 찢어져라 하품하는 포즈였다. 나는 웃음이 나오면서 막 태어났는데도 잠이 그렇게 부족하냐고 물어보고 싶었다.

아기 때 큰애는 결코 양순한 편에 속하지 않았다. 틈만 나면 안아달라고 하고 칭얼대는 게 보통이 아니었다. 아내는 너무 힘들어했다. 나는 아들바보아빠라고 부를 정도는 아니지만 비교적 아기 돌보기에서는 아내를 많이 도와준 편에 속한다.

보채는 아이 달래는 방법으로 오늘날은 여러 가지 편리한 도구들이 개발되어 많이 좋아졌다. 하지만 당시는 등에 업고 다니는 것 이상 좋은 방법이 없었다. 한 겨울임에도 밖에 나가기 좋아하는 큰애를 업고 통로에서 왔다 갔다 하다 잠들었다 싶어 돌아와서 살며시 문을 열면 머리까지 다 감싼 상태였음에도 어찌 알아차렸는지 금방 다시 칭얼대곤 했다. 자고 싶으면 꼭 자장가를 불러 달라 성화였다. 여하튼 큰애는 유아기 때부터 매우 동적이고 요구사항이 많은 아이였다.

우리는 육아법에서 애들에게 좋은 버릇 길들이는 것도 중요하지만 반대로 맘대로 자유로이 놀게 해 자기성취감을 맛보게 하고 창의력을 길러주는 것이 중요하다고 믿는 편이었다. 그래서 애들이 어지럽혀도 우리는 비교적 관대하게 대했다.

큰애는 특히 레고 장난감을 좋아했다. 모든 레고를 다 쏟아놓고 방과 마루를 엄청 어지럽히고 놀았다. 원 없이 놀라고 하면서 옆에서 치우지 않았는데 마지막엔 하도 많이 널려 있어 애들이 치우기엔 역부족이라 우리가 다 치운 적이 한 두 번이 아니었다. 레고로 장미꽃을 만든다든지 하여튼 상상 이상의 것들을 수없이 만들고 놀아 좋았지만, 정리정돈을 잘 하지 못하는 고약한 습관도 그때 함께 얻었다고 생각된다.

일반적으로 아기는 삼촌보다 고모와 이모한테서 더 많은 사랑을 받는다고 말할 수 있지 않을까 싶다. 우리 애들에게는 고모가 한 명도 없고 이모들이 많아 이모들로부터 엄청난 사랑을 받고 자랐다.

특히 큰애의 경우 외갓집 쪽에서는 가장 먼저 탄생한 아기라 귀여워함과 예뻐함에서 대단한 프리미엄을 누렸다고 볼 수 있다. 더구나 우리가 작은애를 1년 4개월 만에 낳고 두 아이 기르느라 힘들어 했기에 이모들로부터 적극적인 도움을 받은 면도 컸다. 여하튼 큰애는 이모들로부터 듬뿍 사랑을 받고 지냈다. 다섯 이모들을 나름대로 구별해서 예쁜 이모, 좋은 이모, 호랑이 이모, 뚱뚱이 이모, 막내 이모 등으로 불렀다.

큰애는 이모들을 좋아하고 요구하는 것도 많았다. 가장 많이 졸랐던 것은 동화책 읽기였다. 동화책 가운데도 가장 좋아한 것은 백설공주 이야기였다. 큰애는 하도 많이 들어서 그 내용을 줄줄이 외우면서도 이모들이 서로 다른 음성으로 읽어주는 백설공주 이야기를 그렇게 좋아했다. 지금 생각해보면 한 번 푹 빠진 일에 대한 집념과 집중력이 강한 것은 타고난 성격이 아니었는가 싶다. 어느 날은 이모가 백설공주를 건성건성 읽고 건너뛰어 버리자 그 부분이 아니라고 방방뛰며 똑바로 다시 읽으라고 성화다.

다섯 살 무렵에는 이런 일이 있었다. 주말이면 가끔 부대 내 강당에서 영화 상영을 했는데 우리는 큰애와 함께 영화를 관람한 적이 있다. 관람 도중에 큰애 혼자서 크게 깔깔대며 웃는 바람에 우리가 몸 둘 바를 몰랐다. 어린애가 영화내용에 푹 빠져 있다가 자기 딴엔 너무나 재밌는 대목이라 주위도 잊어버리고 그런 돌출 행동을 보인 것이다. 어려서 큰애의 성격은 낙천적이고 유쾌하고 지극히 외향적이었다. 커서도 그런 성격을 그대로 유지했다.

우리의 육아법은 간단했다. 아기 때는 무조건 잘 먹이고 잘 놀게 하자는데 역점을 두었다. 그리하여 애들은 실컷 놀고 건강하게 잘 자랐으며 그에 따라 식성도 좋았다. 음식을 거의 가리지 않고 잘 먹는 습관을 유지했다. 약간은 내 영향을 받았을 수 있다. 나는 지금도 음식투정을 버릇처럼 하는 사람들을 별로로 여기는 편이다. 반면 음식을 만들어 제공하는 사람에게 항상 고마운 마음을 가져야 하며 음식을 맛있게 먹는 것은 인간이 지켜야 할 중요한 도리 가운데 하나라고 생각하는 사람이다.

초등학교에 들어가기 전에 큰애는 유치원 1년을 다녔다. 군부대에서 운영한 아담한 유치원이었다. 거기서 친구들과 함께 어울려 지내고 그림그리기, 어린이노래, 단체운동, 기본예절 등을 배웠다. 또한 한글도 배웠다. 집에 돌아와서는 이제 스스로 좋아하는 동화책을 읽기 시작했다. 그러나 기본적으로 책을 가까이 하기보다 밖에서 싸돌아다니기를 더 좋아하는 외향적인 아이였다. 친구들과 어울려 공차기, 팽이 돌리기, 딱지치기, 잠자리 잡기, 자전거타기 등을 하느라 식사시간마저 잊어버리고 논 적이 많았다.

우리는 선행학습 같은 것에는 전혀 신경을 쓰지 않았다. 초등학교에 들어가면 자동적으로 배울 것을 미리 배워야 할 이유가 전혀 없다고 보았기 때문이다. 오히려 너무 많이 알고 학교에 들어가면 학교생활을 시시하게 여겨 흥미를 잃을까봐 걱정했다. 당시는 요즘처럼 선행학습이 대세가 아니어서 천만다행이었다.

요즘 선행학습이라고 부르며 공교육 시기보다 한 학기 내지 한 학년을 미리 학습을 시키는 풍토가 왜 생겨났을까? 도무지 이해가 가지 않는다. '선행'과 '학습'이란 그럴싸한 말을 붙여 만든 합성어에 불과할 뿐 빛 좋은 개살구다. 과외에 대한 비난이 일자 사실상 그 이름만 바꾼 것으로 보이며 폐단이 많아 보인다.

여러 가지 폐단을 교육학자들과 일선 교사들은 이구동성으로 지적한다. 공교육을 망친다, 학부모들의 등골을 휘게 한다, 학습효과도 없다, 인성교육과 정서교육을 해친다, 등 수없이 많다. 그럼에도 선행학습 과열은 잡히지 않고 되레 번지는 희한한 현상이 일어나고 있으며 유치원에 들어가기 전 아이들에게까지 확대되고 있다. 왜 그럴까?

선행학습효과에 대해 사교육업자들의 뻥튀기기가 한 몫 할 것이다. 학부모들은 그들에게 넘어가지 말고 냉철하게 판단해야 한다고 본다. 교육당국과 전문가들의 지적을 경청해야 할 일이다. 그런데 도무지 이해가 되지 않는 것은 일부 학부모들의 태도다. 학습효과가 별로 없다는데도 빚내기까지 하면서 선행학습에 매달리니 말이다. 그리고 다 겪고 난 뒤에 '에듀 푸어'가 됐다고 타령을 하고 있으니 말이 안된다.

선행학습의 과열은 자기 자녀를 당장 조금이라도 앞장서게 하려는 부모의 이기주의에서 비롯된 현상이다. 그러다보니 다른 부모들도 하나 둘 자기 자녀들이 뒤져서는 안 되겠다는 생각에 동참하면서 과열을 빚는 것이다. 마치 떴다방에 부동산 투기 붐이 일어나는 것과 같은 유행 현상이다. 학부모 욕심으로 애들을 달달 볶고 있는 것이다. 학부모들이 정신 차리고 깨쳐야 잘못된 교육 풍습을 바로잡아갈 수 있다고 생각한다.

유치원 단계에서는 어디까지나 유치원 목적에 맞는 교육, 애들끼리 함께 어울려 열심히 뛰놀고 서로 사이좋게 지내는 것, 즉 잘 놀게 하는 것이 가장 중요한 학습이라고 생각한다. 선행학습을 한다고 유치원 갔다 온 다음에 줄줄이 학원에 보내는 소위 '뺑뺑이 돌리기'까지

하기도 한다는데 제 정신인지 모르겠다.

우리는 애들에 대해 앞으로 초등학교에 들어가면 학교생활에 잘 적응하기를 바랄 뿐이지, 구체적 지도방향 같은 것은 없었다. 자기발견과 자기계발을 시작하는 시기이므로 여러 가지 가능성에 대비해 애들이 원하는 대로 실컷 놀게 하고 여러 분야에 걸쳐 폭넓은 경험을 쌓게끔 했다. 그러는 중에 스스로 자기 적성을 발견해나가리라 그리고 우리도 파악해나가리라 기대했다.

솔직히 우리는 애들을 기르면서 애들의 잘잘한 성격에 대해서는 잘 알면서도 어느 분야에 적성이 딱 맞고 뛰어난 재능이 있을까에 대해서는 정확히 알지 못했나. 따라서 우리는 기본적인 인성교육에 중점을 두었을 뿐 애들의 먼 장래 방향까지 미리 점찍어놓고 지도하지는 않았다. 우리는 그것을 결정할 능력도 자신도 없었다. 애들이 성장하면서 스스로 자기적성과 잠재력을 계발하고 스스로 미래를 개척해나갈 문제로 생각했다.

4. 학창시절 지극히 평범한 학생이었다

초중고교 시절 큰애는 지극히 평범한 학생이었다. 학과성적은 대체로 상위권에 속하지만 전교 1,2등을 다툰 우등생은 아니었다. 영재들을 양성하는 과학고, 외고, 자사고 등을 다니거나 소문난 명문고를 다닌 것도 아니다.

우리는 맹모삼천지교 스타일은 아니다. 부지런한 학부모들은 자녀를 위해서라면 좋은 학군을 좇아 때맞춰 이사를 자주 가기도 한다. 우리는 그럴 능력도 없지만 그렇게까지 극성떨고 싶지도 않았다. 물론 교육환경은 중요한 요소다. 그러나 우리는 서울에 살면서 이 학교나 저 학교나 교육환경에서 큰 차이는 없다고 믿는 편이다. 그리고 주소지는 내 직장을 최우선적으로 고려해서 한 군데로 못 박았다. 그에 따라 우리 애들은 줄기차게 한 군데 주소지에서 자동 배정 선택된 평범한 학교를 다녔다.

초등학교 시절 잔디밭에서 뒹굴며 노는 큰애와 작은 애의 모습, 미국의 한 촌락도시의 공동사회활동 안내책자의 표지모델로 찍힌 사진이다.

단 하나 특별한 경험은 어려서 외국생활을 하고 온 점이다. 나는 운 좋게 미국에 유학 가서 박사학위를 취득했다. 그때 우리 애들도 미국 공립초등학교를 다니며 3년 반의 기간 동안 미국에서 교육을 받았다. 큰애는 2학년부터 5학년까지 작은애는 1학년부터 4학년까지 다녔다. 이 경험은 결과적으로 애들에게 엄청난 플러스 요인이 되었다.

미국 초등학교 교육의 특징은 어린이들에게 천국이라고 부를 만큼

교육프로그램이 부드럽다는 점이다. 우리나라와 비교해보면 학교는 마치 놀이터와 같은 곳이라 어린이들이 학교를 좋아한다. 책가방도 없이 학교를 다니고 과제나 시험도 거의 없다. 성적경쟁에 시달림 없이 학교에 가서 여러 가지 기초적인 것들을 배운다. 그리고 친구들과 교실에서 운동장에서 실컷 놀고 학교생활을 신나게 즐긴다. 어린이들에게 즐거운 곳은 우리 집이 아니라 우리 학교라고까지 말할 수 있다.

거기다가 우리 애들의 경우 미국 본토에서 영어를 배워온 것은 그들 인생에 매우 소중한 자산으로 남았다. 신기하게도 아이들은 어른들보다 말을 쉽게 배운다. 귀국할 무렵에 나는 아직도 말하기 영어에서는 자신이 없으며 더듬거리는 편이었으나 애들은 유창하게 영어를 구사했다.

그러나 외국경험의 영향은 애들에게 모두 긍정적인 것만은 아니었다. 귀국해서 한국학교에서 3년 반의 공백을 메우는데 보통 애먹은 게 아니다. 우선 많이 잊어버린 우리말을 기억해내는데 꽤 오랜 시간이 걸렸다. 예를 들어 사회 시간에 선생님의 북한 이야기 가운데 "심지어는"이란 단어를 자주 들었다는데, 그것을 북한에는 '심지언'이란 아주 나쁜 사람이 있다고 한참동안을 그렇게 이해했다는 것이다.

여하튼 애들은 귀국해서 우리나라 교육과정을 따라가는데 애를 먹고 완벽하게 적응하기까지는 상당한 시간이 걸렸다. 특히 학과목 중에서 국어와 사회과목 성적은 한참 동안 부진했다. 이것은 대학교 입시 때까지 애들에게 큰 핸디캡으로 남았다. 결과적으로 애들은 영어라는 것을 얻은 반면 다른 많은 것을 잃었다고 볼 수 있다.

솔직히 나는 애들의 성장과정을 쭉 지켜보면서 내 자신과 비교를 많이 해봤다. 우선 학창시절에 나는 쭉 우등생이었는데 애들은 그러지를 못했다. 따라서 나는 애들의 적성과 장래 직업에 대해 아무래도 공부하는 쪽, 즉 교수나 연구원으로 진출하는 방향과는 맞지 않겠다고 생각했다. 그 쪽은 내가 평생 걸어온 길이라 내 자신이 잘 알고 있어 그렇게 예단한 것이다. 사실 나는 겸연쩍은 말이지만 시쳇말로 특대생이었다. 돌이켜보면 나는 일찍이 초등학교 때부터 효과적으로 공부하는 습관이 몸에 배여 있어 좋은 성적을 올렸던 것 같다. 그리고 주위로부터 칭찬받는 좋은 기분과 거기서 생긴 넘치는 자신감으로 힘을 받아 좋은 성적을 유지하지 않았는가 싶다.

적어도 우등생이라면 공부 잘하는 법을 스스로 터득하고 습관에 길들여져 있어야 한다는 점을 나는 철두철미하게 믿는 편이다. 반짝 우등생이 아닌 계속 우등생은 시켜서 공부를 하는 것이 아니고 스스로 잘 해서 항상 좋은 성적을 유지한다고 생각하는 것이다.

공부는 노력하지 않고는 결코 잘 할 수 없는 성격의 과학이다. 공부는 일종의 운동이라 할 수 있다. 공부 잘하기는 뉴턴의 운동의 법칙으로 설명할 수 있다. 운동의 제1법칙은 관성의 법칙이고 제2법칙은 가속도의 법칙이다. 두 법칙은 공부에도 적용된다. 공부는 관성과 가속도에 의해 잘 할 수 있는 것이다. 일반적인 생활용어로 관성은 습관, 가속도는 자신감으로 대체하여 사용할 수 있다. 공부에서 습관과 자신감은 계속적인 선순환을 일으킨다. 그리하여 계속 우등생은 승승장구하고 좋은 성적을 올리며 열등생 대열에 빠진 학생은 그 대열에서 계속 헤매기 마련이다. 우등생도 만약에 공부습관과 자신감의 어느 한쪽에서 조금이라도 이상이 생기면 우등생 대열에서 탈락할 가능성이 높아진다.

아무리 옆에서 잘 지도를 해도 공부하는 습관이 좀체 잡히지 않으면 좋은 성적을 올리기 어렵게 되어 있다. 뿐만 아니라 자연히 자신감이 생기지 않음으로써 공부를 해도 헤매게 되어 있다. 그만큼 공부 잘하기는 스스로 습관을 길들이는 것이 중요하다고 할 수 있다.

공부 잘하기 습관을 길들이는 데는 동기부여가 중요하다. 동기부여는 능수능란한 기술을 필요로 한다. 동기부여를 잘하는 부모와 선생님은 큰 효과를 올릴 것이다. 그러나 그것만으로 다는 아니겠다는 생각이 들기도 한다. 왜냐하면 사실상 학부모와 선생님들 가운데 아이들 공부 길들이기에 나름대로 동기부여하지 않는 사람은 없기 때문이다. 또한 동기부여를 전공한 교육심리학자들은 다 본인 자녀들을 공부 잘하는 습관을 길들이는데 성공하고 있다는 특별한 통계 이야기 같은 것을 들어보지 못했다.

동기부여 못지않게 공부 잘 하는 데는 선천적으로 타고난 지능, 적성, 성격 등의 요인이 크게 작용함을 알 수 있다. 나는 그런 내재적 요인을 종합적으로 공부체질이라고 표현하고 싶다.

요는 우리 큰애는 궁둥이가 너무 가볍고 밖으로 싸돌아다니기를 좋아해서 공부체질은 아니라고 보았다. 그래서 장래 직업에 대해서도 교수가 아닌 일반 직장인으로 가는 것이 적성에 맞겠다고 생각했다.

약간 이상스러운 시각이 될지 모르겠다. 세상은 부익부 빈익빈으로 지독하게 각박한 듯해도 때로는 참 공평하다는 생각이 들기도 한다. 옛날 동창생들 가운데 공부는 잘 했지만 융통성이 결여된 숙맥들이 많은가 하면, 공부에서 뛰어나지 못했음에도 나중에 사회생활에서 뛰어난 능력을 발휘한 친구들이 꽤 많기 때문이다. 머리가 좋다고 해서 모든 분야에 다 좋은 머리는 없는 것 같다. 공부머리와 실생활 머리는 다르다고도 하는데 상당히 일리가 있는 말인 것 같다. 여하튼 우리 애들은 공부머리보다는 실생활머리가 더 나아 보였다.

나는 오랜 기간 사관학교에서 생도들을 가르치면서 가능한 한 토의식 강의를 하려 애를 쓴 편이다. 강의 일변도보다 토의식이 사관학교의 궁극적인 목적인 직업장교 배출에 부합된다고 생각했기 때문이다. 학과교육의 목적은 장차 장교로서 실질적으로 필요한 논리적 사고력, 창의력, 발표력, 정신력 등, 지적인 능력과 책임감 및 업무수행능력을 증대시키는 데 있다.

나는 우리 애들에게도 기회 있을 때마다 장래 직업 선택의 중요성을 강조했다. 사람은 자신의 강점을 살려 한 곳에서 우물을 파야 성공한다는 이야기를 여러 사례를 들어 꾸준히 언급했다. 나는 애들이 중고등학교 시절에 스스로 자기적성과 재능을 발견하고 대학교에서 전공을 잘 선택하고 결국 좋은 직장에 취직하기를 간절히 원했다.

부모가 자녀의 학교성적에 관심을 두지 않는다고 말하면 그것은 거짓말이다. 별로 성적이 좋지 않은 것을 에둘러 그렇게 표현하지 않을까 생각한다. 나는 애들 성적에 관심을 갖지 않은 것은 아니었으나 비교적 냉철하고자 노력한 편이다.

애들 성적이 만족스럽지 않다고 해서 나는 결코 애들을 채근한 적은 없다. 성적보다 더 중요한 것은 자립심이라고 생각했다. 물론 성적이 좋은 아이들이 자립심도 좋으리라고 본다. 하지만 우등생이 아닌 애들을 억지로 우등생으로 만들어내기 위해 바둥바둥 씨름하기보다 정신적으로 자립심을 불어넣는 일을 더 중요하게 여겼다. 그리하여 자립심 기르기에 역점을 두고 지도한 편이다. 나중에 어른이 되면 독립을 하게 됨으로 그 때에 대비하는 마음자세를 일찍부터 갖추어가는 것을 중시한 것이다.

나는 애들이 자아발견과 자기계발의 노력을 꾸준히 펼치기를 희망했다. 다행스럽게도 나의 이런 지도방향을 애들은 잘 따라주었다. 어려서부터 다양한 분야에 걸쳐 스스로 도전하기를 좋아하고 스펙과 잠재력을 쌓아갔다. 부모가 도와주면 쉽게 할 수 있는 일도 혼자서 자기 손으로 해결하겠다고 하고 옆에서 도와주는 것을 거부했다.

결과적으로 우리 애들은 자립심과 자존감이 강한 아이들로 자랐다. 분명히 우리한테서 영향 받은 것이 있겠으나 어쩌면 타고난 천성인지 모르겠단 생각이 자주 들기도 했다. 왜냐하면 어린 시절부터 어려움에 부닥칠 때 스스로 해결하려는 태도가 때로는 우리가 생각해도 너무 지나치다 싶을 정도로 강했기 때문이다.

일반적으로 아이들은 성장하면서 여러 가능성을 보인다. 부모는 자기 핏줄이지만 자녀한테서 알 수 없는 여러 가지 특징을 발견한다. 얼굴에서는 부모와 비슷한 구석이 많이 있어도 내적인 성격, 재능, 적성 등에서는 닮은 점보다 다른 점이 훨씬 더 많음을 느낄 수 있다. 남편과 아내의 유전인자의 결합은 하나가 아니고 헤아릴 수 없이 많은 조합을 만들어내는 것 아닌가 싶다.

우리 큰애도 마찬가지였다. 여러 분야에 걸쳐서 번뜩거리는 재능을 보였다. 물론 그 번뜩임이란 통상 오래 가지 못했다. 그에 따라 큰애가 말한 장래 꿈도 자주 바뀌었다. 초등학교 때는 야구에 미쳐 프로야구선수 되는 것이 꿈이라고 했다. 미국 동네 야구시합에서 2루수로 뛰면서 더블플레이에 성공하고 한동안 우쭐해 했던 기억이 난다.

중학교 때는 한때 기타치기와 가요에 푹 빠져 대학교에 가려는 이유는 오직 한 가지, 그것은 대학가요제에 도전하는 일이라고 말하기까지 했다. 고등학교 때는 방송클럽에서 열심히 활동을 하고 그 분야 꿈을 키우기도 했다.

기타를 배울 때의 일이다. 우리는 학교공부 과외는 필요 없지만 수영, 피아노, 기타 등을 배울 때는 과외가 필요하다고 생각했다. 그래서 기타학원에서 기초부터 탄탄히 배우는 것이 좋겠다고 말했다. 좋아할 줄 알았는데 큰애는 거절했다. 기타치기를 홀로 익히면서 하나

하나 터득해가는 재미가 대단한데 뭐 하러 학원에 가느냐고 되물었다. 무슨 일이든 혼자서 개척하려 하고 도전해보겠다는 의지가 강한 아이였다.

초중고 시절에 전체 성적이 뛰어나지 않아도 당당한 데가 있었다. 뛰어난 친구들 앞에서 결코 기죽지 않았다. 특히 토막주제 시간에는 매우 강한 면을 보였다. 워낙 호기심이 강하고 끈질긴 집념과 강한 승부사의 기질에서부터 나온 강점이 아니었는가 싶다. 이 점을 우리는 자기계발 노력으로 보고 매우 긍정적으로 받아들였다.

미국초등학교 다닐 때 이야기다. 미국에서 체류 1년밖에 안 됐는데도 불구하고 용감스럽게 스펠링 비 대회에 출전해 꽤 괜찮은 성적을 올렸다. 그런가 하면 특별히 마련한 야간 망원경실습시간에는 학부모들을 초대하여 참석한 적이 있었다. 우리는 그 클래스에서 큰애가 원맨쇼라도 하는 것처럼 하늘에 있는 별자리 이름을 혼자서 줄줄이 대는 것을 보고 깜짝 놀랐다. 담당선생님은 탄복을 하고 앞으로 천문학자가 되라고까지 말했다.

우리나라에서는 고등학교 1학년 때 국영방송국 영상제작팀을 찾아간 일이 있다. 고등학생의 행동으로는 상상하기 어려운 황당한 도전이었다. 텔레비전 영화를 보면서 자막내용 가운데 자기 딴엔 형편없이 잘못 번역된 부분들을 발견하고 자신에게 자막번역 일거리를 맡길 수 없겠냐는 부탁을 하기 위해 방문한 것이다. 물론 뜻을 이루지는 못했다. 그러나 방송국에서는 어린 학생의 지적과 도전에 뜨끔했으리라 생각해본다.

고등학교 시절까지 큰애의 학업능력에서 가장 강한 부분은 영어구사능력이었다. 본토에서 배운 영어실력을 유감없이 발휘했다. 아이들은 보통 본토에서 영어를 배운 경험이 있어도 한국에 돌아와서 영어로 직접 말하는 기회를 거의 갖지 않기에 세월이 지나면서 쉽게 잊어버린다고 들었다. 그러나 큰애는 영어실력을 그대로 유지했다. 국제중학교나 특별히 영어 학원을 다니거나 원어민과의 접촉을 유지한 적이 한 번도 없는데도 그랬다. 요즘 부모들은 영·유아기 때부터 자녀 영어교육을 위해서 많은 돈을 들여 사교육을 시키는 것으로 알고 있다. 그런가 하면 최근에 일부 부유층 부모 가운데는 불법적인 방법까지 동원해 자녀를 무리하게 국제중학교에 입학시키고 사회적 물의를 일으키기도 했다. 이런 세태를 바라보면서 우리는 정말로 엄청난 혜택과 행운이 따랐었다는 생각을 해봤다.

큰애의 경우 영어를 잘한 비법은 이상하게 들릴지 모르겠으나 텔레비전 시청을 많이 한데 있다. 큰애는 AFKN 채널의 덕을 톡톡히 보았다. 그 시절에는 일반가정에서 주한미군 채널 AFKN 방송 청취가 가능했다. 어떻게 된 건지 우리 집 주소에서는 케이블 없이도 잡혔는데 큰애는 그 채널을 거의 끼고 살다시피 했다.

AFKN은 큰애에게 놀이방 겸 공부방이나 다름없었다. 여러 가지 프로그램 가운데 가장 즐긴 프로는 좋은 영화였다. 영화라면 여러 차례 재탕도 질리지 않아하고 몰입해서 즐겼다. 스타워즈나 슈퍼맨 시리즈 가운데 어떤 영화는 하도 많이 청취해서 앞부분 배경의 내레이션 대사를 줄줄 외웠다. 그리고 주말이면 꼭 중계해주는 미식축구, 야구, 농구, 등 스포츠 관람을 즐겼다. 엄청나게 영화와 스포츠 관람광이었던 큰애에게 AFKN만큼 고마운 채널은 없었다. 항상 즐겁게 놀면서 영어 공부를 했기 때문이다.

영상자료라고 하는 것은 영어 듣기에 도움이 되지만 말하기에는 별로 도움이 되지 않을 거라고 생각하기 십상이다. 그러나 그렇지 않다는 사실을 우리는 깨달았다. 언어 학습은 일차적으로 듣기가 중요하다. 그래서 TOEFL이나 TOEIC에서도 듣기를 중시하는 것이다. 듣기를 정확히 하면 그 후 말하기는 기회를 만났을 때 쉽게 익힐 수 있다고 한다. 여하튼 큰애는 AFKN 채널 덕에 영어를 거의 다 알아들을 수 있었다. 솔직히 말해 미국에서 박사학위까지 취득했지만 나는 스포츠 중계 아나운서의 이야기를 정확히 알아듣지 못해 큰애한테 물어본 경우가 한두 번이 아니었다.

하지만 대학교에 들어갈 때 큰애의 경우에 영어능력을 살리기 위해서는 문과가 유리하겠으나 이과를 선택했다. 그 당시 대학입시 과목구조상 그럴 수밖에 없었던 선택이었다. 입시에서 비중이 높았던 국어성적이 좋지 않았기 때문이다.

대학생활 중 동네 학원에서 중학생 영어 수학 강사로 아르바이트 경험을 했다. 그것은 순전히 용돈을 벌 목적이었다. 그러다가 대학 3학년 때 아르바이트 치고 매우 유익한 경험을 하게 되었다. 지하철 안에서 옆자리에 앉은 미국인과 우연히 대화를 나눈 것이 좋은 인연으로 맺어졌다. 미국인은 유명한 영어 학원 강사였는데 큰애와 재미있는 이야기를 주고받다가 바로 그 자리에서 자기 학원 강사 자리를 지원해볼 용의가 없느냐고 문의했다고 한다. 큰애는 크게 환호했다.

이튿날 큰애는 그 강사 소개로 학원 원장을 만나 직접 테스트를 받고 그 자리에서 곧바로 회화 강사 자리를 꿰찼다. 지하철 안에서 일어난 우연한 인연이 이런 큰 행운으로 이어지다니 세상일은 참 알다가도 모를 일이다.

이때 큰애 자신도 놀란 것은 영어말하기 능력이었다. 그 동안 영어는 AFKN 듣기만으로 접해오고 말하기 기회는 없었기에 약간 자신이 없었다. 그런데 몇 마디 주고받은 뒤에 금방 막힘없이 영어를 구사할 수 있어 가슴이 벅차고 뿌듯한 기분이 들었다고 한다.

여하튼 대학생 아르바이트 치곤 꽤 괜찮은 자리에서 아르바이트를 즐기며 대학생활을 보냈다. 용돈도 많이 벌었지만 영어회화강사로서 실력을 인정받고 대단한 자부심을 느꼈다. 나중에는 그 영어학원에서 높은 신임을 얻고 대표강사의 중요한 역까지 맡았다. 마치 물고기가 물을 만난 듯 그 학원에서 실력을 발휘했다. 이 아르바이트 경험은 큰애의 미래에 좋은 자양제가 되었다. 큰 회사 인턴사원 못지않은 매우 알찬 경험을 한 거나 다름없으며 이후 일련의 왕성한 도전 시리즈를 만들어 나가는데 있어 중요한 촉매 내지 기폭제가 되었다고 할 수 있다.

5. 직장에 다니면서 유학준비하다

　대학 졸업을 앞둔 학생들에게 가장 큰 관심은 통상 취직준비라고 생각한다. 그러나 큰애는 그것을 일단 뒤로 미루었다. 우선 병역 복무를 해야 했기 때문이다.

　군대는 학사장교를 지원해서 몇 개월 훈련을 마친 뒤에 소위로 임관했다. 그 후 3년 복무를 하고 병역을 마쳤다. 전역할 때 계급은 중위였다.

　3년 내내 특전사에서 복무했다. 특별히 특전사를 지원한 동기는 한마디로 사나이의 도전이었다고 할 수 있다. 군대생활은 고생이라는데 기왕이면 사나이로서 차라리 군기 강한 정예부대에서 복무를 하고 자신의 체력과 정신력을 테스트하고 단련시키겠다는 각오를 하고 도전한 것이다. 큰애의 인생도전 시리즈는 여기서부터 시작되었다고 볼 수 있다. 이것은 순전히 큰애가 스스로 결심하고 결정한 일로서 부모의 역할은 전혀 없었다. 당시 나는 해외연수 중에 있어 나중에야 특전사 지원 소식을 듣고 나도 크게 놀랐다.

특전사에서 공수교육을 비롯해 힘든 훈련을 다 마치고 난 뒤에 통신부대에서 지휘자 임무를 성공적으로 수행했다. 한미연합훈련 때는 통역장교 임무를 맡아 실력을 발휘하기도 했다. 큰애 말에 의하면 군복무 중에 기른 깡다구와 정신력은 공부하는데 엄청 큰 힘이 되었다고 한다. 하버드대학교 홈페이지를 찾아보면 큰애는 교수 프로필 난에 자신의 과거 경력 가운데 한국특전사 장교 출신이란 사실을 명확히 밝히고 있다. 그만큼 군복무를 자랑스러워하고 있는 것이다.

군복무는 큰애의 인생도전에서 큰 밑거름이 되었다. 학력과 경력을 쌓아야 할 한참 나이에 학사장교로 40개월의 군복무는 긴 세월이었다. 그렇지만 인생 전체로 볼 때 군복무는 결코 허송세월은 아니며 얻는 것도 많았다. 특히 군복무 중에 입대 전까지의 자신의 인생을 돌아보는 시간을 갖게 되고 인생 전반에 관한 목표를 확실하게 세우는 절호의 기회를 잡은 것이다.

군복무를 마쳤을 때 사실 우리가 가졌던 최대 관심은 취직이었다. 그런데 놀랍게도 큰애는 다시 대학에 가겠다고 나왔다. 뒤늦게 드디어 자기발견을 하고 꿈이 생겼다며 경제학으로 도전해보겠다는 것이다. 결국 두 번째 대학에서 경제학을 전공했다. 이때 학비는 스스로 해결한다는 약속을 받고 우리는 허락했다. 큰애는 영어강사 아르바이트로 돈을 벌어 학비를 조달했다. 따라서 전공 공부 하랴 아르바이트 하랴 정말로 고생을 많이 하면서 학교를 다녔다. 그리고 그 때 공부도 열심히 해서 좋은 성적을 올렸으며 그것은 나중에 도미유학에 탄탄한 기반이 되었다.

두 번째 대학을 졸업하고 난 뒤에 드디어 큰애는 우리가 그렇게 학수고대한 취직을 했다. 비교적 좋은 조건에 연봉도 꽤 괜찮은 외국인 회사의 신입 사원으로 채용되어 정규직 직장생활을 시작했다. 그리고 참한 여자 친구를 데리고 와서 결혼하겠다고 해서 곧 결혼을 허락했다. 모든 게 다 해결되었으니 우리는 비로소 맘을 놓게 되었다. 큰애가 반반한 직장에 다니고 결혼까지 해서 우리는 큰 걱정에서 벗어나 한결 홀가분해진 것이다.

그런데 직장생활 3년쯤 지났을 무렵에 큰애는 다시 새로운 바람을 일으켰다. 이번에는 그 동안 직장생활을 하면서 MBA 유학을 준비해왔다고 하면서 유학을 가겠다고 했다. 직장에서 성공하기 위해서는 MBA를 필수 자력 쌓기로 여기고 그것을 위한 계획을 세워 틈틈이 준비하며 자기계발을 해온 것이다.

그런 계획을 처음 들었을 때 우리는 큰애의 적극적인 태도를 대견스럽게 생각하면서도 한편으로 MBA 지원에 대해서 솔직히 학비부담이 워낙 크기 때문에 걱정하지 않을 수 없었다. 자기들이 애써 모은 전 재산을 다 털어 가겠다고 말하는데 그것은 너무 안쓰럽고 그렇다고 해서 우리가 적극적으로 지원해주겠노라고 말할 형편도 아니기 때문이다.

나는 골똘히 생각해 보았다. 학비부담을 무릅쓰고 MBA로 가는 것은 아무리 생각해도 무리라고 보았다. MBA 졸업자들 가운데는 취업이 안 되어 애를 먹고 있다는 뉴스도 듣고 해서 MBA 유학은 너무 막연하다고 생각했다. 현실적으로 가장 큰 문제는 막대한 교육비 부담이었다. 우리가 여유가 있으면 대환영을 하면서 적극 지원하겠다고 했을 것이다. 나는 그때만큼 내 자신에 대해 초라함을 느껴 본 일이 없었다.

곰곰 생각 끝에 나는 MBA 대신에 아예 PhD 과정으로 도전해보라는 조언을 했다. 한 단계 위의 목표라 힘들긴 하겠으나 큰애의 실력으로 볼 때 지금까지 준비한 바탕에다 플러스알파의 노력을 더 얹히면 달성불가능하지 않겠다는 아이디어가 떠오른 것이다.

미국에서 PhD 과정은 우리나라처럼 반드시 석사과정을 거쳐야 지원가능한 것은 아니다. 학사학위자라도 GRE나 GMAT과 같은 자격시험에서 특별히 고득점을 취득하면 지원이 가능하다. 지금 돌이켜 생각해보면 이 조언, 즉 기왕에 공부할 바에야 PhD로 승부를 걸라고 제의한 것은 내가 큰애에게 해준 조언 가운데 가장 절묘하게 맞아 떨어지지 않았는가 싶다.

우리 입장에서 PhD의 가장 큰 매력은 무엇보다도 100% 장학금으로 공부할 수 있는 대단한 이점이다. 대부분의 미국 대학교 경영대학원은 PhD 과정에 선발된 학생에게는 등록금 면제만이 아니고 학생 신분으로 필요한 최소의 생활비와 건강보험료까지 지원하고 있다. 얼마나 고맙고 훌륭한 장학제도인가?

큰애는 상당히 주저했다. MBA 2년 공부에 대해서는 오래 생각하고 준비해서 어느 정도 자신감을 갖고 있었다. 하지만 이제 아버지가 권고하는 5년 이상 걸리는 PhD 과정으로 계획을 변경하는 방안을 생각해보자니 너무 벅차고 골머리 아파진 것이다.

두 과정은 기본적으로 목표부터가 크게 다르다. MBA의 궁극적인 목표는 기업경영인인 반면 PhD는 MBA를 양성하는 대학교수다. 큰애는 본래 스스로도 자신을 공부 체질은 아니라고 생각해왔다. 그러기에 처음으로 PhD와 대학교수를 추구해보자는 문제에 맞부닥뜨리면서 고민을 하지 않을 수 없었다. 직업을 바꾸는 것은 큰 모험이 아닐 수 없는데 그것도 전에 한 번도 생각해보지 않은 대학교수로 바꾼다는 생각을 해보자니 보통 골치 아픈 것이 아니었다.

어느 쪽을 선택할 것인가? 고심에 고심을 거듭했다. 이 문제를 놓고 우리는 서로 마음을 열어놓고 진지하게 대화를 나누며 충분히 소통을 했다. 큰애는 아버지의 권고를 어느 정도 귀담아 듣기 시작했다. 그리고 평생 교수의 길을 걸어온 아버지를 보아 왔기에 그렇다면 교수도 한번 생각해보자고 맘을 바꿔보기로 했다.

그런데 과연 PhD 학생으로 입학허가를 받아낼 수 있을까, 그것이 가장 큰 문제였다. PhD는 MBA보다 한 단계 위이고 소수를 선발하는지라 입학허가를 받아내기가 훨씬 어렵다. 결국 큰애는 양쪽을 다 준비하는 것으로 작전을 바꾸기로 맘을 고쳤다. 하는 데까지 해보고 만일 PhD 입학허가를 받아내면 우선 PhD로, 아니면 MBA로 가겠다는 작전이었다.

MBA만 준비하려 해도 통상 회사를 중단하고 학원을 다니면서 집중적으로 준비한다는데 큰애는 회사를 계속 다니면서 유학 준비를 했다. 결혼한 사람으로서 회사는 곧 밥줄이나 다름없기에 그러지 않을 수 없었다. 만일 그만 두었다가 유학 가는 것도 실패하면 실로 난처한 상태에 빠지기 때문이다. 그래서 낮에 회사 일을 하고 밤에는 유학준비를 하느라 주경야독으로 정말 열심히 살았다. 유학준비는 학원에 가지 않고 완전히 독학으로 했다.

그 결과 큰애는 명문대 MBA 입학허가를 받아냈을 뿐만 아니라 PhD로도 주립대학교 Texas A&M 대학에서 입학허가를 받아냈다. 파이낸스 분야 PhD 과정 3명 선발에 당당히 낀 것이다. PhD 우선의 원칙에 따라 Texas A&M으로 유학을 결정했다.

드디어 2005년 8월 큰애는 출국을 했다. 우리 나이 33세에 회사 생활을 접고 새로운 인생진로를 향해 새 출발을 한 것이다. 학창시절에는 스스로 본인을 공부체질이 아니라고 생각했던 자가 뒤늦게 직장생활 중에 공부하는 길을 택해 경영학 박사과정에 도전한 것이다.

다니던 직장에서는 계속 근무를 하고 출국 일주일전에야 그만 두었다. 맞벌이를 한 며느리도 때맞추어 다니던 회사에서 사직을 했다. 직장 식구들은 모두 유학을 크게 축하했다. 큰애는 지금도 그 직장 사람들과 맺은 좋은 인연을 매우 고마워하고 있다.

큰애의 유학결정과정을 돌이켜보면서 전화위복(轉禍爲福)이란 좋은 말이 떠오른다. 내가 좋아하는 사자성어다. 만일 우리가 경제적으로 넉넉했다면 큰애는 아마 명문대 MBA 과정을 밟았을 가능성이 높다. 사실 여유가 없었기에 고민 고민을 했으며 그 결과 PhD 과정에 도전을 하고 그 길로 바꾸게 된 것이라고 말할 수 있다. 물론 두 교육과정을 비교하여 어느 쪽이 좋다고 말할 수는 없다. 각각 추구하는 목표와 가치가 다르고 장단점이 있기 때문이다. 그러나 지금 큰애는 자신이 선택한 결정과 결과에 대해 대만족하고 있음은 확실하다.

나는 이 대목에서 또 다시 세상은 공평할 때가 있다는 생각을 해보았다. 꼭 부익부 빈익빈은 아닌 것 같다. 여러 가지로 벅찬 어려운 여건에 맞부닥뜨리면 살짝 방향을 틀어서 다른 길을 찾아볼 필요가 있다. 그러다 보면 더 좋은 길을 만나기도 하고 전화위복을 이루기도 하니까 말이다.

6. 도전, 도전, 도전

유학생활의 성패는 첫 1년에서 결판난다고 한다. 첫 1년을 무사히 보내면 자신감이 생기고 거기서 힘을 얻어 그 후 쉽게 보낼 수 있다는 이야기다. 과연 큰애는 첫 1년을 성공적으로 보낼까, 그것이 우리의 최대 걱정거리였다. 워낙 깡다구가 좋아 어려움을 잘 이겨 내리라 믿었지만 쭉 공부를 해오지 않은 학생이라서 기초가 약하고 오랜 공백이 있었던 점을 우려하지 않을 수 없었다.

아닌 게 아니라 처음에 큰애는 너무 쉽게 인생진로를 바꿨다는 생각에 빠져 후회막심이었다고 한다. 아무래도 공부는 자기적성에 맞지 않다고 생각한 것이다. 하루에도 몇 번씩 보따리 싸고 싶은 맘으로 흔들렸다. 그러나 그 때마다 지금까지 어려운 길을 개척하면서 밟아 온 과정을 되돌아보고 정신을 바짝 차렸다. "내가 어린 나이도 아니고 결혼까지 한 가장으로서 이미 직장생활을 접고 새로이 공부하는 세계에 도전하기로 결단을 내린 것 아닌가? 내 사전에 포기는 있을 수 없다!" 우선 첫 학기만이라도 "버티어내고 참아보자! 독종으로 가자!"고 거듭 결심을 하고 이를 악물었다. 만일 그러고도 실패하면 그때 가서 그만 두자고 일단 마음을 다스렸다.

결국 깡다구와 강한 정신력으로 버티어냈으며 그 결과 첫 학기를 성공적으로 통과했다. 시작이 반이란 말이 있다. 사업이나 공부나 매사에 맞는 말이다. 무슨 일이든 새로운 환경에 적응하는 데는 서먹서먹함과 서투름이 따르기 마련이며 그것을 극복하는 데는 시간과 참을성이 필요하며 그런 적응기를 잘 버티어내면 그 후 한결 편해지게 되어 있다.

첫 학기의 "버티어내자!"에서 두 번 째 학기에는 "할 수 있는 데까지 가보자!"로 목표를 한 단계 올려 수정했다. 두 번째 학기에는 확실히 첫 학기보다 한결 쉽게 보냈다고 한다. 첫 학기에 습득한 노하우가 있어 그랬단 것이다. 그리고 큰애는 일생 처음으로 공부에서 재미도 느낄 수 있었다는 말을 했다. 요는 몇 십 년 걸려 처음으로 공부에서도 자신감이 생긴 것이다. 이 말은 사실 내가 듣고 싶어 한 가장 반가운 말이었다. 공부를 정말로 잘 하는 학생은 공부를 즐길 줄 알고 재미를 붙인다고 생각하기 때문이다. 이제 드디어 큰애가 공부 체질로 바뀌기 시작했다는 생각을 하면서 비로소 나는 다소 안심을 했다.

2년차에 큰애는 공부에 대한 자신감이 불붙기 시작했다. 모든 수강과목에서 담당교수들로부터 최고의 찬사를 받았다. 그러자 이제 졸업은 문제없겠다는 자신감이 생겨났으며 거기서 한 걸음 더 나가 졸업 후에 갈 곳을 머릿속에 그리고 취업시장까지 내다보는 여유를 갖게 되었다.

그러면서 머릿속에서 불현듯 이런 생각이 떠올랐다고 한다. "야! 너는 뒤늦게 공부를 시작했는데 기왕이면 명문대에서 해야 하지 않겠어?" 취업시장에 대한 여러 가지 정보를 얻어들은 결과 그래야만 유리하겠단 상황 파악에서부터 우러나온 직관이었다.

그 때의 직관에 의해 큰애는 명문대에 도전장을 내기로 결심을 했다. "도전 병"이 다시 도진 것이다. 그래서 2년차에는 공부계획을 일단 거기 학교의 정규과정을 충실히 따라가는 한편, 따로 과외로 틈틈이 시간을 내 명문대 PhD 과정 지원을 준비하는 것으로 정해서 동시에 두 가지 트랙을 밟았다. 명문대 PhD 과정 지원을 위해서는 무엇보다 자격시험 점수를 크게 향상시켜야 하고 지원서와 추천서 등 구비서류의 조건을 최고 수준으로 높여야 하는 등 엄청난 추가적인 노력을 쏟아 부어야 했다.

큰애는 명문대 경영학 PhD 과정 입학허가를 받아내기 위해 혼신을 다해 도전했다. 고진감래, 드디어 이듬해 봄 꼭 가고 싶었던 예일대학 경영대학원으로부터 반가운 소식이 날아왔다. 마케팅 분야 학생 2명 선발에 당당히 낀 것이다. 그리하여 그해 가을 학교를 예일대로 옮겼다. 이때 큰애는 전공분야를 파이낸스에서 마케팅으로 바꾸었다. 마케팅이 자기 적성과 더 어울린다는 점을 발견했기 때문이다.

우리는 이런 중요한 소식 모두를 사후에야 알았다. 큰애는 부모 심정을 너무 잘 알고 있어 미리 준비단계에서부터 쓸데없는 걱정을 주지 않으려 일부러 비밀로 한 것이다. 만일 우리가 먼저 알았더라면 아마 노파심에서 "두 마리 토끼 쫓다 다 놓친다!"고 하면서 만류하려 했을 가능성이 높았다.

사실 큰애는 어떤 도전을 할 때마다 모 아니면 도라는 식으로 도박을 한 것은 아니다. 항상 안전장치로 차선의 방안을 염두에 두고 진행했다. 이번에 명문대 박사과정에 도전했을 때도 실패할 경우에 대비해 현재 다니고 있는 학교의 프로그램을 소홀히 하지 않고 충실히 따라갔다. 예전에 유학에 도전했을 때도 회사를 중단하지 않았다. 그리고 MBA 과정이냐 PhD 과정이냐를 결정할 때도 최소한 MBA 과정이라도 간다는 계획을 세워놓았다. 최선의 목표를 향해 도전하되 항상 실패할 경우에 대비해 차선책을 마련해 놓은 것이다.

신기하게도 미국대학 교수들은 자기학교를 떠나 다른 대학으로 옮기는 행동을 불쾌해 하지 않았다. 지원 서류 가운데는 필수적으로 교수 추천서가 포함되어 있다. 그런데 교수들은 객관적으로 자신들이 관찰한 사실대로 큰애의 학구적인 능력과 태도를 높이 평가한 내용의 추천서를 작성해주었다고 한다. 학교를 업그레이드시키고자 하는 학생의 노력과 능력을 되레 가상하게 여기고 적극 도와준 것이다. 미국은 확실히 기회의 나라며 교육제도에서도 참으로 배울 점이 많은 선진국이라는 점을 절로 느끼게 하는 대목이다.

여하튼 유학 3년차에 큰애는 꿈에 그리던 예일대에서 새둥지를 텄다. 그런데 그곳에서는 곧 "내가 너무 욕심 부린 것 아닌가?"라는 생각이 들어 일시적으로 후회를 했다고 한다. 프로그램 자체가 이전의 대학과 너무 다르고 빡빡하고 무엇보다 이름 있는 학회지에 게재할 수준의 우수한 논문 3편을 작성해야만 졸업을 할 수 있다는데 과연 제대로 해낼 수 있을까, 걱정을 한 것이다. 전체적인 분위기를 보더라도 학생들은 쟁쟁하고 교수들은 깐깐해서 숨쉬기조차 어려운 기분이 들면서 자신감이 팍 꺾이고 잠시 그런 후회를 한 것이다.

그러나 누가 강요한 것도 아니고 스스로 택한 길인데 어쩔 것인가? 나한테는 깡다구와 뚝심이 있지 않은가, 지금까지 그 깡다구로 여기까지 오지 않았는가, 다시 초심으로 돌아가자, 이렇게 외치며 스스로를 채찍질했다고 한다.

큰애는 위기 때마다 깡다구로 심기일전했다. 이전의 대학에서 자신은 어느 정도 공부하는 요령을 터득했을 뿐 진짜로 공부를 열심히한 것은 아니라고 자기성찰을 했다. 따라서 이번에는 진짜로 열심히해보자며 독한 맘을 먹었다. 이전과 비교해보면 아마 시간과 집중력에서 몇 배 이상을 투자하여 공부했을 거라고 한다.

큰애의 예일대 생활은 도서관에서 거의 살다시피 했다. 각 학생별로 도서관 이용 시간을 따로 모아놓은 자료는 없지만 만약 그것을 만들었다면 틀림없이 자신이 1위 기록을 세웠을 것이라고 큰소리친다. 주로 법대 도서관을 이용했는데 그 이유는 법대생 외에도 누구나 이용할 수 있고 가장 분위기가 조용한 장소였기 때문이다. 법대 도서관은 클린턴 대통령부부가 법대 다닐 때 함께 공부하면서 연애를 한 곳으로도 유명하다.

큰애는 이 도서관에서 공부하면서 잊을 수 없는 추억의 에피소드를 남겼다. 2009년 제작 예일대 법대 도서관 소개 팸플릿 안에는 놀랍게도 큰애 사진이 올라 있다. 그렇게 된 사연이 재미있다. 어느 날 사진기자가 도서관을 찾아왔다. 도서관 안에서 열심히 공부하고 있는 법대생의 모습을 비추는 사진을 찍기 위해서였다. 그런데 그날따라 그 시간에는 아무도 없고 자기 혼자만 남아서 공부하고 있다가 법대생이 아니라고 해도 자꾸 괜찮다고 하는 바람에 할 수 없이 사진모델이 되고 말았다고 한다.

큰애는 한국유학생들 가운데 나이가 많은 편에 속했다. 유학생들은 모두 다 바빠서 따로 만날 새도 없이 주로 캠퍼스 내에서 도서관과 헬스장에서 부딪치며 인사를 나누는 관계였다. 반갑게 형 또는 오빠라고 부른 유학생들 모두에게 큰애는 더 이상 지독하게 공부할 수 없는 최고 독종으로 소문났었다고 한다.

학생에게 지도교수 잘 만나는 것처럼 큰 복은 없다. 큰애는 처음에는 지도교수가 겉보기에 너무 차가워 지지리 복도 없다고 생각했다. 그러나 곧 명문대를 찾아온 이유가 무엇인가 그냥 대하기 편한 교수 만나러 온 것은 아니지 않은가, 이렇게 생각을 하며 마음을 가다듬었다. 고비 때마다 그랬듯이 주문처럼 깡다구로 버티어내자며 자신을 채찍질한 것이다.

지도 교수의 지시와 요구에 대해서는 무조건 다 긍정적으로 수용하고 일단 "I can do it" 자세를 보였다고 한다. 자신의 능력으로는 아무래도 안 될 것 같은 판단이 서더라도 일단 할 수 있는 데까지 다

시도해보자는 태도였다. 강한 도전정신과 단단한 "군인정신" 그리고 직장경험에서 배운 정신자세였다. 자신을 도와주는 결정적 역할을 하는 사람에 대한 예의를 절대 기본으로 삼은 것이다. 그러고도 도저히 해결하지 못하면 그 때 교수를 찾아가 자초지종을 상세히 보고하자는 주의였다. 그럴 경우에는 자신의 약점을 드러내지만 그것은 불가피하며 이제 솔직하게 해결하지 못한 문제점들을 다 털어놓고 조언을 구하자는 주의였다.

나중에 알게 된 사실이지만 지도교수는 사실상 자기 문하생이라면 은근히 큰애와 같이 적극적인 자세로 철두철미하게 연구에 임해야 한다고 믿는 스타일이었다. 정예병을 만들기 위해서는 스파르타식 훈련 밖에 없다고 보는 전통적인 리더십 스타일이었다. 그래서 강훈련의 일환으로 의도적으로 깐깐한 요구를 한 것이며 제자들로 하여금 여러 가지 아이디어와 데이터에 접근하는 방법을 스스로 충분히 터득해나가도록 단련을 시킨 것이다.

일단 관계를 구축하고 난 뒤에 지도교수가 대하는 모습은 권위주의와는 전혀 거리가 멀었다. 그는 허심탄회하게 큰애와 일대일 대화를 자주 나누고 자기 학생 시절 경험담까지 들려주며 꼭 필요한 조언을 아끼지 않았다고 한다. 이와 같이 존경과 신뢰에 바탕을 두고 아주 바람직한 멘토-멘티 관계를 맺음으로써 둘은 완전히 죽이 맞았다. 지도교수는 큰애한테서 자기 스타일에 딱 맞는 학생을 보았다는 식이라 빈틈없이 꼼꼼히 챙기고 애제자로 길렀다. 큰애는 지도교수의 충고를 다 받아들이고 그가 바라는 최고 수준의 논문을 작성하기 위해 온 정성을 다했다. 사실 학생이 지도교수에게 보답하는 최고의 선물은 훌륭한 논문이라 할 수 있다.

큰애의 예일대 졸업논문은 학계에서 매우 좋은 평가를 받고 여러 학술단체로부터 그 해 최고의 졸업논문상의 영예를 획득했다. 그리고 거기서 발전시킨 두 개의 논문이 최근에 최고로 권위 있는 학술지에 게재 채택되는 영광을 누렸다.

결국 큰애는 훌륭한 지도교수를 잘 만나 제대로 훈련을 받고 최고의 열정을 쏟아 부은 결과 정해진 시간표대로 모든 관문을 통과하고 예일대 박사과정 5년 프로그램을 성공적으로 마쳤다.

이제 남은 최대관심사는 취업시장에서의 성과였다. 경영학 분야의 신임교수 선발과정은 완전히 공개채용으로 대략 다음과 같은 절차를 밟아 진행된다. PhD 마지막 학년에 학위취득 예정자는 지도교수로부터 승인을 받고 추천서와 함께 희망하는 대학교에 지원서를 제출한다. 각 학교는 상호협의 하에 학회 주관으로 일정기간을 정해놓고 공통 방식의 제도에 따라 신임교수를 선발한다. 교수선발은 서류전형

예일대 졸업식 날 경영대학원 앞에서 유모차를 끄는 큰애의 모습

과 면접과정 및 논문발표로 구성되어 있다. 일반적으로 최종 단계는 3~4명 후보로 압축된다. 이때 각 후보는 따로따로 다른 날짜에 초대되어 심도 있는 테스트를 받고 그 중 한 사람이 선발되는 방식으로 진행된다. 신임교수 한 사람을 최종 선발할 때까지 피를 말리는 서바이벌 게임이 진행된다고 보면 된다.

지원전략으로는 자기 실력에 맞는 적절한 학교를 선택하는 것이 가장 중요하다. 그러나 학생들은 모두 다 자신이 없기 때문에 대부분

지도교수의 권고에 따라 행동을 취한다. 큰애는 지도교수의 코치를 받아 탑 명문대들을 포함한 상위권의 여러 개 대학에 지원서를 냈다. 그 결과 최종 단계까지 간 곳은 하버드를 비롯해 무려 12군데나 되는 대단한 성과를 올렸다. 이 성과에 대한 소문은 금방 학회에 널리 퍼지면서 그 해의 "job market star"로 알려졌다.

최종 단계에 진출한 후보자는 초대를 받고 직접 캠퍼스방문(campus visit)을 하여 신임교수 테스트를 받는다. 캠퍼스방문의 숫자는 선발가능성의 중요한 지표가 되고 있다. 확률적으로는 3~4군데서 캠퍼스방문 초대를 받으면 성공적이다. 그 중 한 군데서 선발될 가능성이 높기 때문이다. 물론 운이 없으면 아무리 많은 곳에서 초대를 받아도 다 탈락하고 반대로 한 군데라도 잘 맞아떨어지면 선발되는 행운을 누리기도 한다.

테스트는 자기 논문을 발표하고 토론을 진행하는 세미나 방식으로 이루어진다. 테스트의 핵심은 우선 논문 내용이 좋아야 하고 프레젠테이션 능력이 뛰어나야 하고 질의응답 토론에서 실력을 발휘해야 하는 것이다. 뿐만 아니라 후보자는 초대체류기간 중에 갖는 여러 차례의 공식적인 미팅을 통해 관찰 교수들로부터 전반적인 자질에 대한 평가에서 좋은 점수를 받아야 한다.

학교 측에서 볼 때 신임교수 선발 세미나는 학교의 매우 중요한 공식 일정 가운데 하나다. 그것은 교수선발 자체만을 목적으로 하는 것이 아니고 더 나아가 PhD 과정 학생들을 모두 참여시켜 신임교수의 우수한 논문을 주제로 세미나를 실시하는 중요한 교육 행사이기도 하다.

큰애는 10월과 11월 두 달 동안에 12군데 초대를 받고 캠퍼스방문해서 테스트를 받느라 말할 수 없이 바쁜 일정을 보냈다. 어떤 때는 일주일에 세 군데까지 초대를 받아 땅덩어리가 큰 나라 미국에서 집에 들를 새도 없이 강행군을 해야 했다. 여행 가방 안에 와이셔츠를 필수로 몇 가지 새로 바꿔 입을 옷만을 챙겨 여행을 다녔다. 총 2만 마일이 넘는 대장정을 했다. 물론 항공료와 호텔 체류 비용 일체는 학교 측이 지불했다. 테스트 결과는 학교 측 사정에 따라 다르지만 각 후보의 세미나 일정이 모두 완료된 후에 학과 전체교수회의에서 최적임자를 결정한다. 그리하여 각 후보자는 최종 결과에 대한 소식을 대략 11월 하순까지는 알게 되어 있다.

하버드는 큰애의 캠퍼스방문 시간표상에서 전반부에 편성되어 있었다. 하버드에서 테스트를 마친 뒤에 큰애는 "죽 쓴 것은 아니지만 기대하지 않는 것이 좋겠다"라고 우리에게 알려줬다. 교수들의 질문 속에 어느 정도 우호적인지 여부를 느낄 수 있는데 전혀 느낌이 오지 않았단 것이다. 너무 꼬장꼬장하게 파고드는 질문들을 보고 그렇게 느낀 것이다. 하버드에 대해서는 본인도 그렇지만 특별히 우리가 크게 기대하고 있음을 알고서 미리 그렇게 말해준 것이다.

내 예감은 달랐다. 큰애가 어렵다고 느꼈다면 그게 반대로 잘 되고 있는 일인지 모르겠단 생각이 들었다. 상식적으로 어려운 질문을 던진 것에 대해서는 두 가지 정 반대의 해석이 가능하다. 첫째는 관심이 많기 때문이라는 긍정적인 의미가 있고 둘째는 탈락시킬 의도로 답변하기 어려운 난처한 질문을 던지는 부정적인 뜻이 담겨 있을 수 있다. 나는 교수선발 세미나에서 어려운 질문을 많이 받은 것은 그만큼 관심이 많음을 반증하는 것으로 보았다. 그래서 잘 진행되고 있는 것으로 해석했다. 하지만 나는 큰애에게 이제 하버드는 지나간 일이니 잊어버리고 다른 대학 캠퍼스방문에 집중하라고 당부했다.

내 예감은 적중했다. 약 2주 후에 예상보다도 빨리 하버드에서 기쁜 소식이 날아온 것이다. 사실 하버드에서 세세한 질문을 던진 데는 내가 예상한대로 관심이 많기 때문이고 어려운 상황에서 답변하는 태도와 순발력을 점검해보려는 데 목적이 있었던 것이다. 물론 하버드의 선발 소식을 듣고 큰애는 무척 기뻐했다.

여하튼 기분 좋은 소식에 그날 들뜨기도 했으나 큰애는 곧 평상심을 찾고 남은 캠퍼스방문 일정을 차질 없이 마쳤다. 한마디로 다다익선이었다. 반복되는 경험으로 더욱 더 자신감이 붙고 프레젠테이션과 토론에서 좋은 반응을 얻어냈다. 그리하여 결과적으로 하버드를 포함하여 여러 명문대학에서 공식 오퍼(offer) 6군데, 비공식 오퍼 2군데, 총 8개 오퍼를 받았다. 이제 큰애는 선택을 잘해야 하는 즐거운 고민을 했다. 학교 선택은 신중하게 결정해야 할 중요한 문제였다. 이때 큰애는 몇 군데 학교들을 재방문하여 여러 가지를 직접 비교해보는 과정까지 거치는 신중한 행보를 취했다. 계약조건, 학과 분위기, 주변 환경, 앞으로의 전망 등을 꼼꼼히 따지고 가족과 지도교수의 조언 등을 참고했다. 그리고 최종적으로 하버드를 결정했다.

사실 캠퍼스방문을 시작하기 보름 전에 큰애는 쌍둥이 아들과 딸을 낳았다. 그래서 최고의 축복을 받고 신임교수 선발 출정에 나섰다. 복덩이들은 마치 아빠가 취업시장에 나갈 때만을 기다렸다는 듯이 때를 맞춰 탄생했다고 할까? 여하튼 그 녀석들에 대한 한없는 고마운 생각과 행복감에 젖은 상태에서 캠퍼스방문 초대를 받고 더욱 힘을 내서 최선을 다했다고 한다. 그 결과 좋은 결실을 거둠으로써 한마디로 최고의 겹경사를 만난 것이다.

여기서 며느리의 끔찍한 내조를 말하지 않을 수 없다. 한국에서 결혼생활 4년 뒤에 직장을 함께 그만 두고 유학을 가기로 결단을 내릴

예일대 야외 졸업식장에 입장하는 큰애의 모습

때나 장기간의 유학생활 중에 흔들리지 않고 항상 옆에서 힘을 실어
준 며느리의 도움이 없었다면 모두 불가능했을 것이다. 특히 신임교
수 선발 초대방문 기간 중에 며느리는 혼자서 쌍둥이 둘을 돌봐야 했
는데 이때 원더우먼 저리가라 힘을 발휘했다. 미국에서 산후조절도
없이 갓 태어난 아기 둘을 혼자서 감당하느라 정말 눈물겹게 고생을
했다. 며느리는 "내가 쓰러지지 않아야 된다!"고 수없이 맘을 가다듬
으며 초비상상황을 극복했다고 한다.

사실은 시아버지 시어머니인 우리가 그때 돕기 위해 미국을 방문했었다. 그런데 우리한테 비상사태가 일어나는 바람에 혹 떼어주러 갔다가 혹 붙여주고 온 격이 되고 말았다. 시어머니가 너무나 뜻밖의 좋지 않은 급성맹장염이 발생해서 미국에서 응급입원을 하고 난리를 친 것이다. 결국 우리는 "호사다마"란 말만 남기고 서둘러 귀국하지 않을 수 없었다. 다행히 우리나라에 와서 좋은 병원 서비스 덕분에 성공적으로 수술을 하고 완쾌하긴 했으나 며느리의 고생에 대해서 짠한 생각에 우리는 한숨만 푹푹 쉬었다. 모두 다 큰애의 신임교수 선발 캠퍼스방문 기간에 벌어진 일이다.

하지만 결과적으로 큰애가 취업시장에서 대성과를 올리고 모두가 다 어려운 고비를 넘겼다. 그 후 큰애는 예일대에서 졸업에 필요한 모든 행정적인 절차를 차질 없이 마치고 드디어 2012년 5월 영광스러운 졸업식에서 박사 학위를 받았다. 당시 경영대학원에서 박사학위 취득자로는 유일하게 한 사람이어서 눈에 띄게 돋보였다.

7. 세상에 공짜는 없다!

　그 후 큰애가 하버드대 교수로 정식 출근한 것은 그해 7월이었다. 다른 분야는 박사학위를 받은 뒤에 박사후(postdoctoral) 과정을 거쳐서 그것도 오랫동안 연구경력을 쌓은 뒤에야 비로소 교수로 선발될 수 있다는데 졸업 두 달 만에 학생신분에서 곧바로 교수로 선발된 것이다. 그것은 교수 수급 시장에서 유리한 조건을 갖춘 전공분야를 잘 만난 덕분이며 또한 좋은 성적을 올린 결과 그런 행운을 거머쥐게 된 것이라고 말할 수 있다.

　교수로서 첫 출근하는 날 만감이 교차하고 특별한 감회가 들었다고 한다. 10여 년 전만 해도 전혀 딴 세상인 서울 광화문의 파이낸스 빌딩 내의 한 회사에서 평범한 직장인이었는데 꿈에도 생각하지 않은 교수 직함을 그것도 세계최고대학에서 갖게 되었으니 충분히 그럴 만했다. 여하튼 유학생활 7년 동안의 형설지공으로 이루어낸 엄청난 신분 변화에 실로 가슴 벅찼으리라고 충분히 짐작되고도 남는다.

그러나 회사건 학교건 새 직장에 출근하면 업무파악과 새 분위기에 익숙해지기까지 다소 시간이 걸리고 긴장을 하기 마련이다.

하버드 교수단에 가입한 뒤에 큰애가 우리에게 말한 첫 일성은 "세상에 공짜는 없는 것 같다!"였다. 명성, 교수실, 그리고 처우 등에서 최고 수준이라 뿌듯하기 그지없으나 금방 신임교수 오리엔테이션을 받으면서부터 "여기서 고생 많이 하겠구나!"라는 생각이 절로 들었다고 한다. 교수는 어디서나 열심히 가르치면 된다고 단단히 각오를 한 것은 물론이다. 하지만 하버드는 그것만으로는 부족하며 거기서 요구하는 최고난도의 독특한 교수법과 그에 따른 엄청난 교육준비사항을 과연 제대로 소화시킬 수 있을까 엄청난 부담감이 엄습해온 것이다.

큰애는 하버드에서도 정신무장을 단단히 했다. 지금까지 어려움에 맞부닥뜨린 게 한 두 번이 아니지 않은가? 더구나 세계 최고대학에 와 있으니 어려움은 더 크지 않겠는가? 어려움에 맞부닥뜨린 것을 되레 당연하다는 식의 긍정적인 생각으로 바꿔 받아들였다. 과거 경험을 통해서 어디서나 새 직장을 자기 맘에 드는 장소로 만들기 위해서는 빨리 적응하는 것이 상책이며 처음에 고생을 많이 할수록 나중에 수월해진다는 점을 잘 알고 있었다.

하버드 MBA 학생들을 대상으로 수업을 하고 있는 큰애의 모습

　　하버드 신임교수로서 첫 해에 부여받은 중요한 임무는 MBA 1학년 첫 학기 필수과목인 마케팅 원론의 수업 담당이었다. 큰애는 수업 준비에 전력투구했다. PhD 과정을 밟을 때 첫 해가 중요했던 것처럼 교수생활에서도 신임교수 첫 1년이 중요함을 잘 알고 있었다. 밤낮을 가리지 않고 거의 교수실에서 살았다. 교육준비에 만전을 기하기 위해 온 열정을 다 쏟아 부었다. 실제 수업 상황 그대로를 가정하고 반드시 예행연습을 스스로 몇 차례 실시하고 수업 중에 일어날 모든 변수에 대비해 철두철미하게 준비했다. 교수로서 첫출발인데다가 최고로 똑똑한 학생들을 가르쳐야 하니 그러지 않을 수 없었던 것이다.

하버드에서도 큰애는 도전정신과 깡다구로 첫 1년을 성공적으로 보냈다. 무엇보다도 가장 큰 성과는 하버드가 자랑하는 특별한 교수 법 case teaching을 체화하는데 성공하고 자신감을 얻은 것이다. 원형극장 형태로 만들어진 큰 교실에서 교수가 100명가량의 학생들을 모아놓고 지정된 주제에 대해 활력 있는 토론을 이끌어가면서 강의를 병행하는 독특한 교수법이다. 모든 학생들의 이름과 주요 경력까지 다 기억하고 속기사까지 앉혀놓고 진행시키는 특별한 수업방식이다. 속기사를 이용하는 이유는 수업이 끝난 뒤에 피드백해서 학생들의 참여를 정확히 평가하기 위한 목적이다. 이 교수법은 교수에게 엄청난 준비, 순발력, 능숙한 기술을 필요로 할 뿐만 아니라 학생들도 대단한 준비와 열정이 없이는 도저히 따라가기 힘든 수업방식이다. 이 수업방식에 단련된 학생들은 졸업 후 각 분야에 진출하여 효율적인 의사결정의 경영방식에서 뛰어난 역할을 하고 있다. 세계적으로 MBA 교육과정에서 이 교수법을 채택하고 있는 학교는 하버드 외에 몇 군데 밖에 없다고 한다.

8. 10대 도전의 원칙

본래 나는 도전정신이 부족한 사람이다. 그래서 큰애가 그렇게나 엄청난 도전정신을 소유하고 있으리라고 미처 생각하지 못했다. 그리고 그렇게나 엄청난 학문 탐구능력과 열정을 겸비하고 있을 줄을 몰랐다.

솔직히 큰애가 어렸을 때 공부머리는 뛰어나지 않았기에 우리는 공부하는 분야로 기대를 걸지는 않았다. 다만 뛰어난 영어구사능력이 있어 우리나라에서 굶고 살지는 않겠다고 생각했다. 큰애는 나중에 말하기를 아들의 능력과 비전을 그 정도로밖에 인정하지 않는 부모를 보고 맘속으로 섭섭했다고 한다.

큰애한테 미안하게도 당시 우리로서는 어쩔 수 없었다고 생각한다. 돌이켜보면 누구에게나 내일 일을 알 수 없는 것 같다. 어쩌면 부모의 시시한(?) 기대가 자극을 주고 전화위복의 결과를 만들어냈는지도 모르겠다. 만일 그런 숨은 동기가 작용했다면 아이러니하게도 결과적으로 자랑스럽게 잘 한 일이 되기에 더욱 더 내일 일을 알 수 없는 것 같다.

흔히 사람들은 공부 잘하는 것은 습관이며 될 성 부른 나무는 떡잎부터 안다고 말한다. 나 자신도 그렇게 믿어왔다. 그러나 이제 그것은 지극히 잘못된 편견이라는 중요한 사실을 깨달았다. 공부란 학창 시절에만 하는 것이 아니고 나이 들어서도 정신 차리고 열심히 하면 성공할 수 있다는 것을 알아야 하겠다.

인생은 배우고 생각하고, 생각하고 배우고의 연속이라고 한다. 나는 큰애한테서 인생에서 도전의 의미와 중요성을 크게 배웠다.

무슨 일이나 성취하기 위해서는 도전정신과 열정이 없으면 안 될 것이다. 그러나 무작정 도전한다고 다 성공하라는 법은 없을 것이다. 성공과 실패에는 반드시 그 요인이 있을 것이다. 도전의 본질과 성패 요인은 무엇일까, 이론적으로 깊이 있게 연구해 볼만한 매우 가치 있는 주제라고 생각한다.

나는 본래 전략을 공부한 사람이라서 우선 쉽게 도전을 전략과 비교해서 그 개념을 이해해보고 싶다. 두 개념은 공통점과 차이점이 있다. 공통점은 두 개념 다 어떤 목적과 목표를 달성하기 위해서 필요하단 점이다. 차이점은 전략은 확실히 목표달성을 위한 수단 또는 방법을 말하는 것인데 도전은 꼭 수단만이 아니라 목표까지 포함하는 개념이다. 도전은 목표 수립 및 달성을 위한 행동과 정신자세, 의지, 정신력 등의 종합이라고 말할 수 있지 않을까, 그렇게 생각해보는데 아직 내가 자신 있게 말할 단계는 아니다.

전략의 개념에 대해서는 많은 학자들의 노력으로 이미 이론화에 성공했다. 서점에 가보면 여러 가지 『전략론』 서적을 발견할 수 있다. 여기서 나는 도전에 대해서도 아직 막연하지만 학문영역으로 끌어들여 "도전론" 또는 "도전학"의 연구개발을 시도해보는 것이 퍽 가치 있는 일이 되지 않을까 기대를 해본다.

우선 상식적인 선에서 전쟁의 원칙이나 전략의 원칙과 같은 몇 가지 원칙을 "도전학"에서도 가정해볼 수 있을 것이다. 이런 원칙들은 도전하는 사람들에게 도움이 되는 기본적인 참고지침이 될 수 있다. 또한 도전의 성패요인을 분석하는 데 있어서 유용한 준거기준으로 사용할 수 있으리라고 본다. 불완전한 가설이지만 도전의 중요한 원칙 가운데는 다음과 같은 것들을 포함할 수 있지 않을까 생각해본다.

1. 목표의 원칙

맹목적의 도전은 아무 의미가 없다. 사람은 누구나 꿈과 비전을 갖고 살고 있다. 하지만 꿈을 이루기 위해서는 단계가 있는 법이다. 단계별로 달성 가능한 뚜렷한 목표를 설정하고 도전을 해서 성취해나가야 한다. 쉬운 목표부터 시작하여 차근차근 단계별로 목표를 상향시켜 나가는 것이 순리다. 걸을 줄 알고 뛰어야 하는 것과 같은 원리다. 걸을 줄도 모르고 지고의 어려운 목표를 향해 곧바로 뛰려 하다가는 금방 넘어지고 좌절하기 쉽다.

작은 목표에 대한 도전에서 성취를 하고 자신감을 얻는 것은 매우 중요하다. 자신감을 바탕으로 그 후 목표를 하나하나 상향시켜 결국 큰 목표를 성취할 수 있기 때문이다. 만일 처음부터 달성 불가능한 목표에 도전했다가 실패하면 그 후에는 실패에 대한 두려움 때문에 도전의지를 상실할 가능성이 높다.

2. 집중의 원칙

하나의 목표를 위해 집중 몰입해야 한다. 동시에 다수의 목표를 향해서 도전하면 집중력이 분산되니 어떤 목표도 이루어내기 어렵게 되어 있다. 한 가지 목표를 향해 집념과 추진력을 한데 모아 집중을 해야 쉽게 성취할 수 있다. 예를 들어 학생 신분에서 PhD를 목표로 도전한다면 친목회, 동호회, 종교 활동 등에 많은 시간을 써서는 안 될 것이다. 그러면 PhD를 소정의 기간 내에 취득하는 것은 어렵기 때문이다.

중간에 싫증이 생기거나 여러 가지 방해와 유혹으로 집중력을 잃을 수 있다. 그럴 때는 나름대로의 기분전환을 통해서 집중력을 회복시키지 않으면 안 된다. 적절한 운동과 휴식시간을 취하고 조용한 명상의 시간을 갖기 등으로 신체적 정신적 에너지를 재충전하여 집중력을 회복할 수 있을 것이다.

3. 정보의 원칙

도전하는 목표와 관련된 모든 분야에 대해 정보통이 되어야 한다. 목표와 수단, 환경, 조직문화 등에 관해 상세한 정보를 수집하고 상황파악을 정확히 해야 한다. 지피지기는 백전불태다. 정확한 정보에 근거하여 현실을 제대로 직시하고 도전을 해야 위험을 최소화하며 성공할 수 있다.

자신의 위치와 주위환경을 제대로 파악하지 못하면서도 단지 "도전이 있는 곳에 기회가 있다!"는 호기만으로 도전하는 것은 지극히 위험하다. 만일 도처에 지뢰가 깔려 있는 지뢰밭인데 그것을 모르고 돌진한다면 끔찍한 재앙을 피할 수 없을 것이다. 도전을 할 때는 필히 정보에 근거하여 기회인가 경고인가를 알고 적절한 행동을 취해야 한다.

4. 창의의 원칙

평범한 아이디어로 도전해서 성취하기는 어렵다. 성취하려면 뛰어난 아이디어가 필요하다. 깊은 사고력과 풍부한 상상력을 토대로 창의력을 발휘해야 한다. 도전 분야에서 일어날 수 있는 각종 상황을 머릿속에 그려내며 어떤 변화에도 창의력을 발휘해서 신속하게 적절히 대응할 수 있어야 한다. 특히 어떤 위기나 문제로 인식되는 상황에서는 위기를 넘어서기 뿐만 아니라 기회를 만들어내는 능력까지를 갖추어야 한다.

경쟁이 많은 분야에서 도전에 성취하려면 돋보이는 독특한 아이디어와 방법을 창안하여 유리한 위치를 확보해야 한다. 뚜렷한 차별성으로 관심을 끌어내고 목적과 가치에서 대단한 중요성을 널리 인정받는 좋은 아이디어여야 경쟁에서 승리할 수 있다.

5. 유연성의 원칙

고정된 사고로는 도전에서 성취할 수 없다. 당면상황이 미처 예상하지 못한 다른 방향으로 전개되고 있는데도 불구하고 초지일관 밀어붙이기로 가면 백발백중 실패하게 되어 있다. 전쟁 이론가 클라우제비츠는 철저한 준비와 계획에 의존하는 전쟁도 일단 발발한 뒤에는 연속되는 돌발 상황의 위험성에 맞부닥뜨린다는 사실을 강조했다. 그런 위험성은 전쟁뿐만 아니라 모든 인간 생활에서 상존하고 있다. 무슨 일이든 성취하기 위해선 계획대로 진행되지 않는 각종 상황변화와 위기에 처했을 때 열린 사고력으로 유연하게 대처해 나가야 한다. 그래야만 위기를 슬기롭게 극복할 수 있을 뿐만 아니라 위기를 기회로 바꿀 수도 있는 것이다.

6. 자기계발의 원칙

될성부른 나무는 떡잎부처 알아본다는 말이 있지만 반드시 그렇지는 않다. 누구에게나 숨어있는 잠재력이 있다. 인간의 능력과 잠재력은 무한대에 가깝다. 자신도 몰랐던 잠재력과 달란트를 뒤늦게 나이 들어 발견하고 성공하는 사람들이 많이 있다. 전혀 새로운 분야로 시야를 넓혀 자아발견과 자기계발을 하여 성공하는 사례도 많다. 성공은 자아발견과 자기계발을 하면서 끊임없이 도전하는 데서 이루어진다.

7. 참을성의 원칙

누구나 역경에 맞부닥뜨리면 심리적 압박과 심란한 감정 상태에 빠지기 쉽다. 그럴 때 "내 사전에 포기는 없다!"고 하며 맘을 가다듬고 강인한 정신력으로 극복해야 한다. 이를 악물고 끝까지 뛰는 헝그리 정신을 가져야 도전에서 성취할 수 있다. 강인한 정신력은 강한 투지와 끈기, 인내력, 극기력, 지구력 등 여러 가지를 의미한다.

8. 긍정적 사고의 원칙

'불가능은 없다'는 말은 엄격히 말해 정확한 말은 아니다. 사람은 한없이 살고 싶어도 그럴 수 없는 것처럼 하고 싶어도 할 수 없는 것이 분명히 있다. 하지만 뭔가 성취하기 위해서는 최소한 '할 수 있다' '하면 된다'의 마인드를 가져야 함은 필수다. 애시 당초 그런 마인드마저 없으면 도전은 성립할 수 없다. 첩첩이 쌓인 장애물을 하나도 넘지 못하고 좋은 기회를 하나도 잡지 못할 것이기 때문이다.

9. 자신감의 원칙

도전을 할 때는 필수적으로 자신의 잠재력과 가능성을 믿어야 한다. 자신의 강점과 주특기를 최대로 살려 집중하고 굳이 자신의 근본적인 취약점에 연연해 할 필요는 없다. 자신이 잘 하고 있는 것에 대한 꿋꿋한 신념, 소신, 긍지, 자신감, 자존감 등은 도전의 원동력이다. 어떠한 어려움에 처해서도 흔들리지 않고 확고부동한 자세를 견지해야 성취할 수 있다.

10. 겸손의 원칙

성취한 사람들 가운데는 가끔 자신감이 자만심으로 바뀌어 교만한 행동을 보이는 사람이 있다. 극단적으로는 상황에 관계없이 다 해결할 수 있다는 전지전능의식을 갖고 다른 사람들의 의견을 무시하는 사람까지 있다. 그러면 금방 주위 사람들의 등을 돌리게 함으로써 성취의 빛은 바래고 만다. 같은 분야에 종사하는 사람들과 경쟁자들은 다 공동가치를 추구하는 사람들이다. 그들을 한 식구처럼 여기고 인간적으로 이해하고 존중하고 배려하는 따뜻한 모습을 지녀야 한다. 자신의 실력을 자랑하기보다 운이 좋았다고 생각하며 자신을 낮추고 겸손한 대인관계를 유지하는 사람은 주위 사람들로부터 뛰어난 능력 못지않게 사람 됨됨이에서 배울 점이 많다는 호평을 받는다.

에필로그

뽀삐와 함께 우리 가족은 참으로 행복한 시절을 보냈다. 요즘도 우리는 뽀삐 이야기를 많이 하고 지낸다. 뽀삐를 만난 뒤 우리 가족은 놀랄 정도로 가족애가 증대되었다. 뿐만 아니라 다 동물을 사랑하는 사람들로 바뀌었다.

겨울이면 우리는 고양이 사료를 구입한다. 추위에 먹이 찾아 헤매는 길고양이를 챙기기 위해서다. 지난겨울에는 집에서 약 100m 쯤 떨어진 언덕길에서 우연히 만난 고양이를 챙겼다. 매일 똑같은 시간에 사료를 갖다 줘도 도망부터 가는 겁 많은 고양이다. 그 녀석 사료 먹는 모습을 훔쳐보노라면 몸짓 손짓 하나하나가 참으로 예쁘고 귀엽기 그지없다.

지난 방학 때는 큰애가 식구들을 데리고 왔다. 돌 때 손자손녀를 영상통화로만 만났다가 이번에 진짜로 만났으니 우리 기쁨은 이루 말할 수 없었다. 별로 식구 숫자가 많지 않은데도 우리 집 식구가 다 모인 것은 실로 오랜만이었다.

그때 우리는 큰애 식구들이랑 함께 뽀삐를 추모하는 장소에 들렀다. 우리 식구들만이 찾는 조용한 장소다. 거기서 큰애는 손자 손녀를 안고서 아직 알아들을 수 없는 나인데도 뽀삐에 관한 이야기를 열심히 했다. 어쩌면 자기 자신에게 얘기를 하며 뽀삐에 대한 아름다운 추억을 회상하는 장면 아니었는가 싶다. 큰애는 아마 우리 식구 중에서 가장 끔찍이 동물을 사랑한다. 어려서 엄마에게 장래 줄 여러 가지 선물 이야기를 할 때도 밍크코트는 절대 아니라고 말했다.

우리는 방학 한 달 동안 손자들과 함께 실컷 놀고 큰애와도 오랜만에 이런 저런 많은 이야기를 나누었다. 과거 이야기를 하다가 큰애는 우리에게 나이 들어 공부하느라 너무 많이 힘들었다면서 왜 자기 어렸을 때 공부를 채근하지 않았느냐고 물었다. "글쎄 잘 모르겠다. 그때는 네가 하버드대 교수 될 줄 몰랐지. 그런데 말이다. 네가 만일 그때 공부를 잘해 우등생이었다면 지금 어떻게 됐을까? 아마 하고 싶어도 하버드대 교수는 어렵지 않을까? 결국 전화위복을 한 거야!" 이런 식으로 우리는 대답했다. 그러자 쭉 우등생이었더라면 아마 자기 같은 독종은 안 나왔으리라고 웃으면서 동의했다.